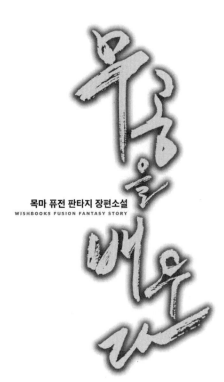

목마 퓨전 판타지 장편소설
WISHBOOKS FUSION FANTASY STORY

 14

목마 퓨전 판타지 장편소설

초판 1쇄 찍은 날 | 2020년 7월 20일
초판 1쇄 펴낸 날 | 2020년 7월 27일

지은이 | 목마
펴낸이 | 예경원

기획 | 위시북스
편집책임 | 이은송
편집 | 위시북스

펴낸곳 | 예원북스
등록번호 | 제396-2012-000132호
등록일자 | 2012. 7. 25
KFN | 제1-549호

주소 | 경기도 고양시 일산동구 호수로 646-24 위너스21II빌딩 206A호 (우)10401
전화 | 031-819-9431 팩스 | 031-817-9432
E-mail | yewonbooks@naver.com

ISBN 979-11-365-3457-6 04810
        979-11-6424-342-6 (set)

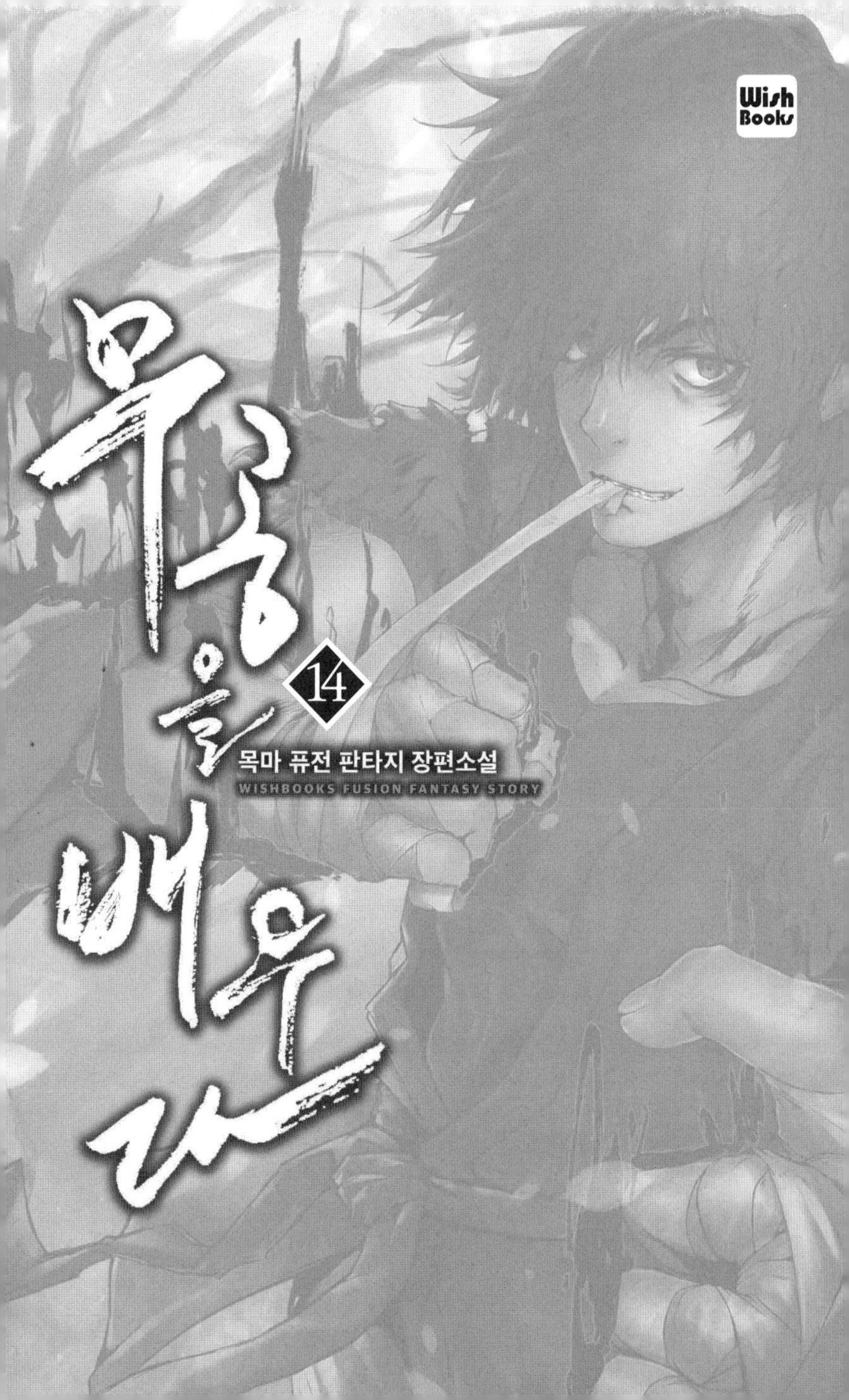
Wish Books
무공을 배우다
14
목마 퓨전 판타지 장편소설
WISHBOOKS FUSION FANTASY STORY

CONTENTS

1장
경멸할까 봐

저녁 시간.

백현의 기억 속 천공성의 식탁에 올라가던 음식은 대부분이 배달 음식이었다. 혹은 라면이나, 아주 가끔 서민식이 찾아올 때는 손수 만든 요리가 올라가기도 했다.

"이럴 수가."

백현은 식탁에 차려진 음식들을 보고 멍하니 중얼거렸다. 상상 이상의 비주얼이었다.

나쁜 의미로 하는 말이 아니었다. 백현은 고개를 돌려 사라를 쳐다보았다. 보란 듯이 양팔을 뒤로 넘겨 앞치마의 매듭을 풀던 사라는, 그의 시선에 고개를 올렸다.

"뭘 봐?"

"배달시킨 거 아니야?"

슬며시 물어본 말에 사라의 얼굴이 싸늘하게 식었다.

백현은 냉큼 젓가락을 들며 말을 덧붙였다.

"아니, 그만큼 훌륭해서 하는 말이야."

"먹기나 하고 말하시지?"

"잘 만든 음식은 입으로 먹기 전에 눈이랑 코로 먼저 먹는 다던데……."

혹시 보기에만 그럴듯할 쓰레기가 아닐까 싶어, 백현은 코를 킁킁거리며 냄새를 맡아보았다. 냄새에서 흠잡을 곳은 없었다.

사라는 백현의 떨리는 눈동자를 보며 흥하고 코웃음을 쳤다. 그녀의 입은 티를 내려 들지는 않았지만 의기양양한 미소가 고여 있었다.

"안 먹어?"

"잘 먹겠습니다."

이걸 정말 사라가 만들었단 말인가.

식탁을 가득 채운 한정식들. 잡채와 불고기를 비롯해 다양한 반찬들. 한국인이라면 일상적인 반찬들이겠지만 그렇다고 얕잡아 볼 수는 없는 일이다. 자주 먹던 것이니 오히려 맛있다고 생각하기 힘든 법.

젓가락이 가장 먼저 향한 곳은 대단할 것 없는 콩나물무침이었다.

맛있었다. 식감도, 맛도, 나무랄 곳이 없었다.

제대로 만들기 힘든 무침 요리가 이렇게나 맛있다니!

백현은 믿을 수 없어 사라를 쳐다보았다. 어느새 맞은편에 앉은 사라는 히죽 웃으며 백현을 쳐다보았다. 기분 탓인지 사라의 콧대가 전보다 조금 더 높아 보였다.

음식들은 거를 것 하나 없이 훌륭했다. 한국인과 아득한 거리를 가진 외모의 사라가 한식을 만들었다는 것이 미묘하게 느껴지기는 했지만, 누가 만들었든 맛만 좋으면 된 것 아닌가?

사라는 허겁지겁 반찬을 집어 먹으며 반찬을 비우는 백현을 보며 승자의 미소를 지었다.

"일 년 동안 무공 수행만 한 줄 알아?"

요리를 취미로 둔 이유는 다양했다. 시작하게 된 이유는 서민식의 조언 때문이었다.

나중에 백현이 돌아왔을 때, 직접 밥이라도 해 먹으면 좋아하지 않겠느냐는 말.

그것에 혹했고, 하다 보니 재밌기도 했다. 무공을 익힐 때와는 다른 즐거움과 보람도 있었다.

특히 지금. 사라는 쉬지 않고 먹는 백현의 모습은 일 년 동안 요리를 취미로 삼기 잘했다는 보람을 느끼게 만들었다.

밥을 세 공기나 먹고 난 뒤, 식사를 끝냈다. 식탁에 가득 찼던 반찬 중 남은 것은 하나도 없었다.

사라는 만족스러운 표정의 백현을 보며 풋 하고 웃었다.

"맛있었어?"

"어디 식당가서 먹는 줄 알았어."

"먹고 싶은 것 있으면 말해. 해줄 테니까."

그 말에 대답하려는 순간, 머릿속에서 목소리가 들렸다.

"무슨 일이야?"

"민식이가 돌아왔나 봐."

아라크네의 통신 기능에 대해서는 사라에게도 알려주었다.

하지만 머릿속에 들리는 목소리는 서민식의 것이 아니었다.

백현은 왼쪽 손목의 아라크네를 풀어 사라에게 건네주었다.

[들리나?]

샤나크의 목소리였다.

백현은 반색하며 대답했다.

"응, 들려."

[죽었다더니 잘만 살아 있군.]

"죽었던 건 사실이지. 지옥에도 다녀왔으니까."

[……지옥? 혹시 악마와 마왕도 만났나?]

그래도 흑마법사라서인지, 샤나크는 놀란 목소리로 그것에 대해 물었다.

백현은 제루올과 무도의 마왕을 떠올렸다.

'제루올은 살아 있을까?'

무도의 마왕은 몰라도, 윤회의 문을 빼앗긴 마신이 제루올을 용서해 줄 것 같지는 않았다.

"만났지. 왜?"

[전설적인 뮤지션인 로버트 존슨은 알고 있겠지?]

"그게 누군데."

[오래된 뮤지션이다. 교차로에서 만난 악마에게 영혼을 팔았다는 남자. 너도 악마나 마왕을 만났으니 뮤지션이 될 수밖에……]

열정에 가득 찬 샤나크의 목소리가 끊어졌다.

[쟨 아직도 바보야.]

봉제 인형의 목소리였다. 목소리 주변에서 샤나크의 투덜거림이 들린다. 백현은 피식 웃으면서 의자를 뒤로 기울였다.

"잘 지내셨죠?"

[저 바보 때문에 고생하는 걸 빼면, 무난하게 잘 지내기는 했지. 그 외에 고생이라고 하면 여기 와 있다는 것 정도?]

"어째 거기 가서 좋다는 반응이 없네. 관광이라도 왔다 생각하면 되잖아요?"

[어디를 봐도 똑같은 숲뿐인데 관광은 무슨. 언제 돌아왔어?]

"몇 시간 전에?"

[네게 하블을 주기는 했지만, 설마 하블이 인과율의 폭풍마저 감당해 줄 거라고는 생각하지 못했는데. 마왕과 마족을 만났다는 이야기는 또 뭐야? 그냥 농담인가?]

"아뇨, 진짜예요."

백현은 명계에서 있었던 일들에 대해 이야기해 주었다. 사라에게는 이미 했던 이야기라, 그녀는 별 관심을 보이지 않았다.

먹은 식기들이 널브러져 있던 식탁은 깨끗한 새것으로 바뀌었다. 설거지나 청소 같은 집안일을 하지 않아도 된다는 것은 천공성이 가진 다양한 장점 중 하나였다.

[넌 어째 죽어도 평범한 일은 겪지 않는구나.]

"죽는 것부터가 평범하지는 않잖아요."

[사람은 누구나 죽어. 평범한 일이지.]

봉제인형이 피식 웃으며 말했다. 아니, 악몽의 결정자인가?

[설마 네게서 무도의 마왕이라는 이름을 들을 줄은 몰랐어. 마계에 대해 아는 존재들에게는 굉장히 유명한 이름이지만 말이야.]

"씨앗에 대해서는 어떻게 생각해요?"

[그, 네가 만났다는 절대신격이 한 말 말이지? ……흠, 속단은 이르다지만 가능성이 없는 것은 아니지. 아니, 높은 확률로 맞을 거라고 생각해. 마신의 성격을 생각하면 말이야.]

"그럼?"

[퓨어세인트는 흑마법사가 아니었어. 마족도 아니었고, 마신과 관계되어 있지도 않았지. 내가 그녀를 직접 봤을 때는 그랬단 말이야. 그러니까…… 퓨어세인트가 마신에게서 비롯된 존재일 리는 없다는 거야.]

하지만 지금의 퓨어세인트는 마신과 연관되어 있다.

그렇다면, 아진이 말했던 대로 흑장미여왕에게 마신의 씨앗이 있었고, 퓨어세인트가 그를 빼앗았다고 생각하는 것이 가능성이 크다.

[세라스는 만나봤어?]

"조금 이따 가려고요."

천의무봉의 혼을 맡겨두기도 했고, 약속을 이렇게나 미룬 것에 대해 개인적으로 사과를 하고 싶기도 했다.

[최악을 상상하면, 그…… 아진이었나? 절대신격이면서 이렇게까지 알려지지 않은 존재도 드문데. 어쨌든, 그 존재가 한 말이 맞아. 마신은 혼돈의 근원 자체보다는 이 세상 전체를 받는 것을 목적으로 둘걸.]

"신격들은 다들 혼돈의 근원을 바라던데. 절대신격들은 아닌가 봐요?"

[굳이 필요 없는 힘이니까. 사실 어비스의 신격들이 혼돈의 근원을 바라는 건, 그들이 다들 무언가 결여되고, 절대로 이뤄지지 않을 만한 갈망을 가지고 있기 때문이야. 하지만 절대신격에게는 그런 것이 없지. 어지간한 갈망이라면 자기들 힘으로 이룰 수 있으니까. 그리고…… 혼돈의 근원은 절대신격에게도 충분히 위험해. 그들의 입장에서는 얻을 것보다는 잃을 것이 많다는 말이지.]

악몽의 결정자는 그렇게 말하고서 잠시 침묵했다.

[……수지가 안 맞기는 하군. 이 세상을 대가로 받는다……. 마신이 조력하는 대가로는 너무 싸. 뭔가가 더 있나?]

"뭐가 있을까요?"

[마신이 눈독을 들일 만한 것…… 글쎄, 어비스?]

"어비스?"

[받을 수 있을 때의 이야기지만. 어비스라면 마신이 눈독을 들일 만하지. 거기는 지구보다 넓잖아. 조금 도와주는 보답으로 세상 두 개를 상납받는 거야. 그 정도면 마신도 해볼 만하지.]

만약 그런 것이라면 골치 아파. 악몽의 결정자가 중얼거렸다.

[생각해 봐. 너랑 아진이 명계에서 윤회의 거울을 빼앗았지? 그것도 마신이 보는 앞에서 말이야. 물론 네 입장에서는 이 세상으로 돌아오기 위해 절대신격의 말을 들은 것뿐이지만, 글쎄. 마신도 그렇게 생각해 줄까? 마신의 입장에서 보면, 넌 절대신격의 앞잡이가 되어 마신이 공들여 손에 넣은 윤회의 문을 빼앗은 거야.]

"……그렇겠죠?"

[마신의 입장에서는 그 절대신격에게 보복하는 것보다, 일단 네게 보복하는 것이 쉽고 편하겠지? 이전의 마신은 일종의 투자 개념으로 퓨어세인트를 조력했겠지만, 지금은 너라는 사적인 이유마저 더해진 거야.]

배불리 저녁을 먹어 기분이 좋았는데, 악몽의 결정자가 하는 말을 듣고 있자니 속이 더부룩해지는 것 같았다.

백현은 낮은 헛기침을 하면서 가슴을 어루만졌다.

"설마 마신이 그렇게 속이 좁을까."

[자존심 문제도 있잖아? 그래도 뭐, 당장 걱정할 필요는 없겠지. 마신의 뜻인지 퓨어세인트의 뜻인지는 모르겠지만, 여태까지 퓨어세인트가 한 행동을 보면…… '아직'은 자신의 야욕을 노골적으로 드러내지 않고 있어. 결정적인 순간을 노리는 걸까?]

"그, 속 쓰린 이야기는 말고. 아마존 쪽은 어때요? 팔로워도 그쪽에 있다던데."

[오, 어디서 들은 건 있나 봐? 그거 기밀이라던데. 샤나크도 아마존에 도착해서야 이야기를 들었거든.]

악몽의 결정자가 킬킬거리며 웃었다.

[아직은 파악된 것이 없어. 이 정글이 워낙 넓고 험한 데다, 몬스터가 득실거려서.]

"탐색 마법은?"

[해봤지. 먹히지 않던데? 내 수준의 탐색 마법이 먹히지 않는다는 것은 뻔한 일이지.]

술법.

"역천자?"

[맞아. 직접 와 있지는 않겠지만, 놈이 아마존에서 뭔가를

하고 있다는 거야. 그리고 마타도르까지. 그러면 슬슬 윤곽이 잡혀. 네가 말했었지, 유계의 방랑자는 '죽었다고.']

백현은 고개를 끄덕거렸다.

아프라스의 기록에 따르면 유계의 방랑자와 월드이터, 키마이라는 혼돈에 삼켜져 자아를 완전히 상실했다. 즉, 육체만 남아 있을 뿐이지 죽은 것과 다름없는 상태라는 것이다.

[하지만 팔로워의 권능은 틀림없이 유계의 방랑자가 부여한 것이었어. 하지만 유계의 방랑자는 죽었다…… 혈사자도 마찬가지야. 그 싸움에서, 혈사자는 틀림없이 소멸했어. 하지만 마타도르는 아직까지 권능을 쓰고 있지.]

"그게 가능한 일이에요?"

[원래는 불가능해. 하지만 이런 예외적인 경우라면 가능하지.]

악몽의 결정자가 잠시 말을 멈추었다.

[헌드레드는 안 죽었잖아?]

"아마도, 네."

[헌드레드의 권능은 무언가를 먹어 자신에게 더하는 것이었어. 헌드레드는…… 유계의 방랑자를 먹은 거야. 그리고, 원래 네게 부여되었어야 할 혈사자의 신격까지 빼앗은 거지.]

"……잠깐. 그럼 마타도르와 팔로워가 똑같다는 거예요?"

[동일한 신격을 모시고 있는 거지. 만약 정말로 헌드레드가 유계의 방랑자를 먹고, 혈사자의 신격까지 취한 것이라면……

이것도 굉장히 골치가 아파지지. 신격들이 어비스에 처음 왔을 때, 헌드레드는 그리 대단한 신격은 아니었어. 오히려 약한 축에 들었지. 유계의 방랑자도 마찬가지야.]

하지만 지금은 아니다.

헌드레드는 유계의 방랑자를 먹었고, 혈사자의 신격까지 어부지리로 취했다.

원래는 대단하지 않았다고 해도, 두 명의 신격을 삼켜 버린 것이다. 게다가 혈사자는 어비스의 신격 중에서도 상위에 드는 대신격이었다.

[상대하기 힘들 거야. 원래부터 능력이 다양했던 놈이 유계의 방랑자와 혈사자의 권능까지 얻었으니까. 그만한 힘을 가지고 있으면서도 왜 아직까지 역천자와 붙어먹은 건지는 모르겠지만.]

악몽의 결정자는 그렇게 중얼거리다가 피식 웃었다.

[말이 너무 많았네. 옆에서 너무 기다리게 했나 봐.]

[그러게. 군주라는 분이 말이 참 많으셔.]

투덜거리는 목소리가 이어 들린다.

의자를 뒤로 삐걱거리며 기울이던 백현은, 서민식의 목소리에 화들짝 놀라 의자를 바로 세웠다.

"민식아!"

[머리 울리니까 소리 좀 낮추지?]

"일 년 만에 봤는데 뭐 이리 박정하게 굴어?"

[왜, 죽었다가 돌아왔으니 눈물 짜면서 환영이라도 해줘야 돼?]

이죽거리며 말하기는 했어도, 서민식의 목소리에는 웃음이 섞여 있었다. 백현은 마주 웃으면서 말했다.

"너 예비 사도 됐다며?"

웃으며 말하기는 했지만, 솔직히 마냥 웃을 수는 없었다. 템페스트의 사도가 된다는 것이 여러 가지로 마음에 걸렸기 때문이다.

서민식은 그걸 물어볼 줄 알았다는 듯이 피식거리며 웃었다.

[어. 별문제 없으니까 걱정 안 해도 돼, 임마.]

"정말로?"

발렌시아가 한 말이 마음에 걸린다.

템페스트의 권속이 맞는 것인지도 모르겠다던 말. 그게 무슨 의미냐고 묻자, 발렌시아는 여전히 알 수 없는 말을 했다.

[정신도 멀쩡하고, 오히려 예전보다 나아. 그때는 왜 나한테만 이러는 건지 몰랐는데, 지금은 잘 알겠거든.]

"무슨 말이야?"

[템페스트를 만났어.]

서민식은 대수롭지 않다는 투로 말했다.

[만나는 과정이 좀 많이 × 같고, 힘들기는 했지만. 한참 쏘다니고 그러니까, 자기도 도저히 못 견디겠는지 자기가 어디에 있는지 알려주더라.]

"만나서 뭐 했는데?"

[뭐 하기는, 얘기나 좀 했지. 많은 얘기. 너한테 말해줄 생각은 없으니까, 괜히 캐묻지 마라.]

"말해주면 안 돼?"

[싫어. 별로 재미있는 이야기도 아니야. 어쨌든…… 묵은 얘기들 좀 하고, 예비 사도 되고.]

"……그게 끝이야?"

[더 얘기해 줄 생각은 없다니까.]

서민식답지 않게 단호한 태도였다. 그래도 목소리는 평소와 다를 것 없이 들려서 다행이라고 생각했다.

[현아.]

잘 됐다고. 축하라도 해줄 생각이었는데, 서민식이 먼저 백현을 불렀다.

"왜?"

[너랑 난 친구냐?]

갑작스러운 질문이었다. 굳이 물어볼 것도 없는 질문.

백현은 눈을 끔벅거리다가, 어이가 없어서 웃어버렸다.

"그럼 너랑 내가 친구가 아니면 뭔데?"

[그래, 친구지. 맞아.]

백현의 웃음에 맞춰주듯 서민식은 낄낄거리며 웃었다.

"너랑 나랑 알고 지낸 지가 벌써 몇 년이야? 20년은 되지? 고아원에서 만나서……."

[그렇지. 지금 와서 생각해 보면 와, 진짜 길게도 알고 지냈네. 근데 그건, 왜, 고아원에서 너랑…… 만나서. 20년 넘게 지내고, 너 식물인간 되었을 때 뒷바라지하고, 그런 새끼는 서민식이잖아. 그렇지?]

"너 술 먹었냐? 자꾸 무슨 소리를 하는 거야? 그게 서민식이지, 아니면 다른 놈이야?"

[난 서민식이지?]

불쑥 묻는 말, 이번에도 갑작스럽다. 방금 전까지 웃고 있던 서민식의 목소리는 웃음기가 전혀 없어 건조했다.

"……서민식이지."

백현도 목소리에서 웃음기를 덜어냈다.

[그럼 됐어. 네가 서민식이라고 하니까.]

"뭔데? 너 어디 아픈 것 아냐?"

[뒤늦게 사춘기라도 왔나 봐. 아니면 중이병인가? 나는 누구인가…… 그런 거랑 비슷한 거야.]

"그게 전부야?"

[전부지. 아, 맞아. 현아.]

서민식이 숨을 삼키는 소리가 들렸다.

[너도 혼돈의 근원이라는 거, 갖고 싶은 거야?]

백현은 바로 대답하지 않았다.

어떻게 서민식이 혼돈의 근원에 대해 알고 있는 것일까. 그건 물어볼 것도 없는 말이었다.

서민식은 템페스트를 직접 만났다고 했다. 템페스트가 어비스와 혼돈에 대해 이야기해 주었다면, 서민식이 혼돈의 근원에 대해 알고 있는 것도 이상할 것은 없다.

"……가지고 싶다고 생각한 적은 없는데."

[난 그거 갖고 싶어졌거든.]

"템페스트가 그걸 갖고 싶어 하니까?"

[그것도 없지는 않은데, 나도 갖고 싶어졌어.]

그 말을 어떻게 받아들여야 할까.

[템페스트를 위해서인 것도 맞아. 그런데 날 위해서이기도 해. 만약…… 만약에 말이야. 내가 너한테, 그걸 위해 날 도와 달라고 말하면. 넌 날 도와줄 거냐?]

"……갖고 싶어 하는 이유는 안 가르쳐 주고?"

[응.]

"왜?"

[네가 날 경멸할까 봐.]

이야기를 쭉 듣고 있던 사라의 어깨가 움찔 떨렸다. 그녀는 자신도 모르게 백현을 쳐다보았다.

백현은 갑자기 사라가 눈을 마주쳐오자 입술만 움직여 물었다.

'왜?'

사라는 고개를 가로저었다.

"널 왜 경멸해?"

[내가 아는 네 성격이라면, 경멸까지는 안 할 것 같은데. 그래도…… 혹시 모르잖아. 넌 몰라도, 사람에게는 도저히 말 못 하겠는 비밀 같은 게 있기도 하는 거야. 어렸을 때 학교 앞 문방구에서 볼펜이나 불량 식품 훔친 정도였으면 그때는 철이 없었지, 하고 운 떼며 말하겠는데. 그 정도가 아니네.]

"뭔데."

[말 안 한다고 했지? 대답부터 해봐. 도와줄 거냐?]

"아니, 안 도와줘."

[왜?]

"네가 × 될지도 모르니까."

흑장미여왕이 죽어가는 모습을 보았다. 혼돈에 삼켜져 육체만 남은 키마이라나, 고치가 되어버린 무령도 보았다.

백현은 서민식을 잃고 싶지 않았다.

[그럼 됐어.]

서민식은 피식 웃었다.

만약에, 라고 말하기는 했어도 부탁을 거절받았는데. 그의 목소리에는 서운함이 조금도 실려 있지 않았다. 오히려 후련하단 듯이 들렸다.

[걱정해 줘서 고맙다.]

"난 네가 뭔 짓을 했어도 경멸할 생각은 없어."

[알아, 새끼야. 나중에 봐.]

"야 잠깐……."

백현은 급히 서민식을 붙잡으려고 했지만, 더 이상 목소리는 들리지 않았다.

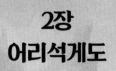

2장
어리석게도

"잠들어 있습니다."

일 년 만에 만난 흑장미여왕은 그전보다 쇠약해 보였다. 사실 소멸하지 않은 것이 다행이었다.

당장 꺼져도 이상하지 않을 존재의 불꽃을 집착으로 연명시키는 흑장미여왕은, 복수라는 목적과는 어울리지 않는 미소를 그리며 백현을 응시했다.

"자아가 완전히 무너지지 않았다는 것이 다행이었지요. 혼적으로 할 수 있는 조치는 다 해두었습니다. 설마, 마왕인 제가 망가진 혼을 회복하는 일을 하게 될 것이라고는 상상도 하지 못했네요."

"고맙습니다."

백현은 꾸벅 고개를 숙이며 감사를 표했다.

로즈덤의 빈방 중 하나. 널따란 침대의 위에 반투명해 흐릿한 몸체를 가진 여자가 누워 있었다.

백현은 슬쩍 고개를 들어 여자의 얼굴을 확인해 보았다.

"깨어난 적은?"

"없습니다. 일부러 그렇게 하지 않았어요. 로즈덤은 마기가 가득합니다. 괜히 깨워 영향을 받게 하는 것보다는, 쭉 가사 상태로 두는 것이 나을 겁니다."

흑장미여왕이 백현의 곁에 다가오며 말했다.

침대에 누운 천의무봉은, 눈앞에 있기는 했어도 살아 있는 것처럼 보이지는 않았다. 숨소리도 들리지 않고 가슴이 들썩거리지도 않는다. 육체가 없는 영혼이기 때문에 당연한 일이었다.

백현은 천의무봉의 얼굴을 물끄러미 보았다. 세세하게 따져 보면 다르게 생긴 얼굴이기는 했으나, 천의무봉은 어딘가 검무희와 닮아 있었다.

"혼의 처치는 끝났지만, 문제가 없다고는 자신할 수 없겠군요. 사견을 드리자면, 우선 이대로 두었다가 선계의 사자를 만나고서 인도시키는 편이 좋을 겁니다."

그럴 생각이었다. 천의무봉을 깨우고, 만약 그녀가 온전히 정신을 차린다면.

그 뒤에 대체 무슨 말을 한단 말인가?

백현이 천의무봉을 구한 것은 어디까지나 우자의 죽음을 막기 위해서였다. 백현이 천의무봉에 대해 아는 것은 우자의 아내라는 것과 검령에 의해 불행한 죽음을 맞았다는 것이 전부다.

"이제 어쩔 셈입니까?"

흑장미여왕이 물었다.

그녀는 백현이 죽었고, 명계에 다녀왔으며, 무도의 마왕을 만났다는 것을 들었다. 그리고 어쩌면 자신이 마신의 씨앗이었을 지도 모른다는 의혹과 그 씨앗을 퓨어세인트에게 빼앗겼다는 것도 알게 되었다.

흑장미여왕은 자신에게 씨앗이 심어졌다는 것이나, 그를 퓨어세인트에게 빼앗겼다는 것을 의식하지 못했지만 '씨앗'이 어떠한 힘을 가지고 있는지에 대해서는 들을 수 있었다.

"일단 상황을 두고 살필 생각이에요. 여왕님께는 죄송한 이야기지만."

"난 신경 쓰지 않아도 괜찮습니다."

흑장미여왕이 고개를 저으며 대답했다.

"어차피 죽어가는 몸. 늦고 빠르고의 문제일 뿐입니다. 당신이 약속을 지켜준다면…… 상관없어요. 오히려 난, 당신이 더욱 신중하게 행동하여 확실하게 약속을 이행하는 것을 바라고 있습니다."

흑장미여왕이 고개를 돌려 백현을 쳐다보았다.

"만약 정말로, 내게 마신의 씨앗이 있었고. 퓨어세인트가 그를 거두어갔다면…… 퓨어세인트는 내가 알고 있는 것보다 훨씬 까다롭고 강할 겁니다."

탐욕과 야욕만 앞선 자들의 일그러진 바람을 현실로 바꾸어주는 것이 마신의 씨앗이다.

씨앗이 심어진 자들은 마계의 앞잡이가 되어 세상에 다시없을 끔찍한 흑마법사가 되는 경우가 대부분이다. 모두가 성공하는 것은 아니지만, 그중에 몇몇은 결국 자신이 사는 세상에 마왕을 강림하는 것까지 해내고 만다.

"물론 퓨어세인트가 마왕을 강림시키지는 않을 겁니다. 그녀의 목적이 그것이었다면, 진즉에 해내고 말았을 테니까요."

어비스가 처음 이 세상에 나타난 후부터, 퓨어세인트는 이 세상에 자신을 하나의 종교로 만들어가는 작업에 몰두했다.

그리고 그것은 훌륭히 성공했다. 이 혼란스러운 세상에서는 많은 사람이 퓨어세인트야말로 어비스와 그로 인한 혼란을 위한 구원이라고 믿는다.

만약 퓨어세인트가 순교라 외치며 희생을 강요한다면, 셀 수 없이 많은 사람이 순교라 화답하며 마왕을 강림시키기 위한 산 제물로서 목숨을 바칠 것이다.

하지만 퓨어세인트는 그러지 않고 있다. 그녀의 목적은 마왕을 강림시키는 것이 아닌 다른 것에 있었고, 그 목적은 마신과 어느 정도 합의가 되어 있다.

야욕만 앞선 인간을 마왕을 강림시킬 재앙적인 흑마법사로 성장시키는 것이 마신의 씨앗이다. 대신격인 퓨어세인트가 마신의 씨앗을 통해 추가적으로 얻을 힘은 가늠할 수 없다.

"이쪽으로 오시지요."

흑장미여왕이 몸을 돌렸다. 백현은 고개를 갸웃거리며 갑자기 방을 떠나는 흑장미여왕을 쳐다보았다.

따라오라 하는 데 따라가지 않을 이유가 없었다. 백현은 어깨를 으쓱거리며 흑장미여왕의 뒤를 따랐다.

"지금이라면 드려도 될 것 같습니다."

무너지기 직전의 복도를 함께 걷는다.

흑장미여왕이 죽어감에 따라 그녀의 성인 로즈덤도 함께 죽어간다. 쇠약해 보이지만 아직 움직일 수 있는 흑장미여왕과는 달리, 이 성은 이제 손을 대 가볍게 미는 것만으로도 무너뜨릴 수 있을 것 같았다.

"왜요?"

"로즈덤을 나갈 적만 해도, 당신은 마기를 완벽히 다루지 못했어요. 하지만 지금은 아니죠. 안 그렇습니까?"

백현은 고개를 끄덕거렸다.

'완벽하게'라고는 장담할 수 없겠지만, 로즈덤을 떠날 때와 비교도 할 수 없이 마기의 사용이 능수능란해진 것은 사실이었다.

그건 검무희와 혈사자와 연달아 싸운 덕분이기도 했지만, 살령을 써서, 그 순간에나마 마왕이 된 덕이 컸다. 그때의 백현은 마기를 의지만으로 사용할 수 있었다.

결국, 백현은 마왕의 육체를 잃게 되었지만, 마왕의 몸뚱이로 마기를 다루던 '경험'은 그대로 남았다. 덕분에 명계에서는 아무 무리 없이 마기를 사용할 수 있었다.

"만약 그 이후로 당신을 만날 수 있었다면 양도해 드렸을 겁니다. 하지만 그럴 기회가 없었잖습니까. 당신이 죽어버려서."

흑장미여왕의 걸음이 멈춘 것은 긴 복도의 많은 방 중 하나였다.

흑장미여왕이 손을 올릴 것도 없이 문은 저절로 열렸다.

자그마한 방에 침대나 장롱 따위의 가구는 없었다. 백현은 옷걸이에 걸리지 않고, 벽 근처에서 떠 있는 외투, 그 근처의 장신구들을 바라보았다.

본 기억이 있었다. 무령의 기억에서 본 흑장미여왕이 착용하고 있던 물건들이다.

백현은 고개를 돌려 흑장미여왕을 쳐다보았다.

"다른 물건들을 드리고 싶어도 드릴 수가 없습니다. 하지만 저건 드릴 수 있겠군요."

흑장미여왕이 손을 들어 외투를 가리켰다. 복슬거리는 털이 목 주변을 감쌌고, 옷감은 밤처럼 어두웠다.

"다른 무기와 장신구들은 마왕이 아니고서는 쓸 수가 없지만, 저 흑천(黑天)은 지금의 당신도 쓸 수 있을 겁니다."

"주시는 이유가?"

"도움이 될 테니까요. 신격이 사용하는 마법에까지 완벽히 저항할 수 있다고는 장담하지 못하지만, 없는 것보다는 훨씬 도움이 될 겁니다. 그리고 흑천의 가장 큰 묘용은 마(魔)와 대적할 때에 있습니다."

흑장미여왕이 손짓하자 허공에 떠 있던 흑천이 백현에게 다가왔다.

"마계에서 마왕의 적은 같은 마왕입니다. 당연히, 많은 마왕과 싸워 입지를 다진 마왕들은 같은 마왕과 대적하기 위한 항마(降魔) 무장을 갖추고 있죠. 자랑처럼 들릴지도 모르지만, 이흑천은 다른 대마왕들이 눈독 들일 만큼 훌륭한 항마 무장이었습니다."

흑장미여왕이 백현에게 눈짓을 보냈다.

백현은 잠시 흑천을 바라보다, 슬쩍 양팔을 들어 올렸다. 그러자 흑천이 저절로 움직여 입혀졌다. 백현은 뺨을 가리는 풍성한 털을 부담스러운 눈으로 쳐다보았다.

"취향이 아니신가 보죠?"

"여름에 입고 돌아다니면 미친놈처럼 보이겠네요."

사실 무게는 거의 느껴지지 않고, 입었다고 해서 더운 것은 아니었다. 애초에 백현은 한서불침을 이뤄 사막에서도 더위를 느끼지 않고 북극에서도 추위를 느끼지 않는다.

흑장미여왕은 피식 웃으며 손가락을 튕겼다. 그러자 흑천이 백현의 몸에 맞게 줄어들고, 목 주변의 털이 큼직한 후드로 바뀌었다.

"퓨어세인트가 마신의 씨앗을 가졌다면, 그녀도 당신처럼 마기를 다룰 수 있을 겁니다. 인장은 마왕에게 순수한 마기를 공급하지만…… 마신의 것과는 질적으로 급이 딸릴 수밖에 없죠."

흑장미여왕은 그것을 직접 겪어보았다. 대마왕의 공격들도 쉽사리 막아주던 흑천이지만, 마신의 공격은 막을 수 없었다.

"흑천의 가장 큰 장점은 전투를 '기록'하며 학습해 성장하고, 상황을 판단해 전투를 보조한다는 겁니다. 그게 내가 당신에게 흑천을 주는 이유기도 합니다."

"전투를 기록한다고요?"

"주인의 경험에 따라서 말입니다. 당신은…… 살령이라고 했죠? 그 방울을 써서 그 순간에나마 마왕이 되었어요. 그리고 명계에서 마신의 힘을 '경험'했죠. 그 경험은 당신이 그대로 기억하고 있겠지만, 흑천은 그것을 보다 원활하게 활용할 수 있게끔 도와줄 겁니다."

백현은 그 말을 제대로 이해할 수가 없었다. 이런 류의 아티펙트를 사용해 본 경험이 없었기 때문이다.

피식 웃으며 다가온 흑장미여왕은 흑천의 주인을 정식으로 백현에게 양도시켰다.

"흑천에는 내 '경험'도 담겨 있습니다. 내가 싸웠던, 퓨어세인트와…… 마신까지. 사실 듣는 것보다는 직접 확인하는 편이 빠르겠죠. 잠시 가만히 있어 보시겠습니까?"

"뭐 어려운 건 아니……."

백현의 말이 끝나기도 전이었다. 돌연 흑장미여왕이 손을 뻗었다. 분명한 공격이었다.

대응하기 힘들 정도로 빠른 것은 아니었으나, 흑장미여왕이 가만히 있어 달라고 말했기 때문에 백현은 움직이지 않고 가만히 서 있기만 했다.

'막아야 하는 것 아냐?'

그렇게 생각하기도 전에 흑천이 먼저 움직였다.

촤악!

흑천이 앞으로 쭉 늘어나는가 싶더니 흑장미여왕의 손을 가로막고, 거기서 갈라져 튀어나간 어둠이 그녀의 손목을 강하게 휘감았다.

백현은 눈을 동그랗게 뜨고서 그걸 바라보았다.

흑장미여왕은 손목을 부러뜨릴 듯 강하게 옭아 죄는 흑천을 바라보며 큭큭 웃었다.

"이런 식으로. 당신이 직접 움직이거나 무언가를 할 필요 없이, 흑천이 상황에 맞게 전투를 보조해 주는 겁니다."

"……편리할 것 같기는 한데, 막상 실전에서는 손발이 안 맞아 꼬일 것 같은데요?"

"그런 일은 없을 겁니다. 여태까지 내가 흑천을 쓰면서 그런 불편함을 겪은 적은 없었어요. 흑천은 주인의 의식과 동화해 필요한 행동만 하니까요."

흑장미여왕의 손목을 잡고 있던 어둠이 다시 되돌아왔다.

백현은 양손으로 흑천을 툭툭 털어냈다.

항마력에 마법 저항력. 모두가 백현에게 필요한 옵션이었다. 지금 백현의 분명한 적이라고 할 수 있는 것은 하이로드와 퓨어세인트, 역천자다.

그중 하이로드의 정신 마법과 역천자의 술법은 백현이 가장 대처하기 힘든 종류의 공격이다. 막상 겪어봐야 아는 것이겠지만, 맨몸으로 그들의 불가해(不可解)한 공격에 맞서는 것보다는 흑천을 두르고 맞서는 것이 훨씬 대적하기 편할 것이다.

'너무 좋아서 문제지.'

예전이라면 이렇게 좋은 물건은 준다고 해도 안 갖는다고 했을 것이다.

하지만 명계에서 아진에게 들었던 말들이 머리를 떠돈다. 목적을 최우선하라는 말. 자신의 광기를 통제하라는 말.

백현은 새삼 자신이 도원경에서 나와, 참 많은 변화를 겪었다는 것을 깨달았다. 그리 시간이 오래 지난 것도 아니지만. 많은 것이 변했다.

당시의 백현은 욕구에 목말랐다. 죽음을 겁내지 않았다. 싸우다 죽는다면 그다지 억울할 것도 없다고 생각했다.

무의 끝을 보겠다는 추상적인 목적을 이루는 것보다는, 이길 수 없는 적과 싸워 죽는 것이 차라리 쉽고 만족할 만한 결과라고도 생각했다.

'지금은.'

백현은 피식 웃으며 흑천을 손으로 어루만졌다.

한번 죽어봐서인지, 죽고 싶지 않다는 쪽으로 생각이 기울고 있었다.

라이 룽은 숨을 헐떡거리며 벽에 등을 기대고 주저앉았다.

몸이 무겁다.

이런 '무거움', 사람이라면 당연히 느낄 무거움. 자연스러운 것이나 라이 룽에게는 자연스럽지 않았다.

사도로서의 권능과 뛰어나던 육체는, 지금의 그녀에게는 조금도 남아 있지 않았다. 라이 룽은 지금 자신의 몸뚱이가 '평범한' 인간의 것이 되어버렸다는 것을 다시금 상기할 수 있었다.

[딸아.]

우울한 목소리.

위선에 찌든 자. 라이 룽은 입술을 중얼거리며 내뱉었다.

그 말에 용성군은 잠시 동안 침묵했다.

[위선이 아니다.]

"거짓말."

[어쩔 수 없을 뿐이지. 네게도 항상 했던 말이다. 대의를 위해서라면 희생은 불가피한 것이라고.]

"나는…… 당신이 추구하는 대의를 믿을 수 없습니다."

[달라진 것은 없다. 네가 모르던 나를 알게 되었다고 해도 말이다. 나는 여전히 질서와 균형을 바라고, 혼돈의 근원이 모든 세상을 파괴할 것이라 생각한단다.]

"그래서 결국 당신이 취하겠다는 것 아닙니까."

[그건 두고 볼 일이지. 다른 탐욕스러운 자가 취하는 것보다 낫지 않겠느냐.]

"그들의 탐욕과 당신의 탐욕이 다릅니까?"

[다르다. 그들은 대의를 추구하지 않으니까.]

용성군이 대답했다.

그 말에 라이 룽은 어이가 없어서 웃어버렸다.

"그 끔찍한 일을 저지른 것을 들켰으면서도…… 대의라?"

[네가 아는 것이 전부가 아니란다. 용옥의 그들은 결코 죄 없는, 무고한 피해자들이 아니다. 그들은 마땅한 벌을 받고 있을 뿐이야.]

"벌? 말도 안 되는 소리 하지 마십시오. 그들이 왜 벌을 받고 있다는 겁니까?"

[신비경으로 돌아오거라. 돌아오면, 모든 것을 이야기해 주마.]

용성군이 어르듯 말한다.

라이 룽은 킬킬 웃으면서 양손으로 얼굴을 감쌌다.

지금 그녀는 사도와 헌터의 모든 힘을 잃고, 북경의 뒷골목에 주저앉아 있었다.

"강제로 데리고 가보십시오."

[그렇게 하고 싶지 않구나.]

"못하는 것이겠죠."

[널 직접 신비경에 소환시킬 수 없다는 것은 너도 알잖느냐.]

"헌터를 보내시렵니까."

[그들을 보내 너를 제압하는 것은 쉬운 일이지. 네게 폭력을 가하고, 널 겁에 질리게 해…… 신비경으로 돌아올 수 있게 할 수도 있을 것이다. 하지만 나는 네가 직접, 자신의 의지로, 내게 돌아오기를 바란단다.]

"당신은 아소를 죽였습니다."

얼굴을 감싸던 손이 아래로 내려온다.

라이 룽은 붉어진 눈시울을 감지 않았다. 감는 순간, 눈물이 멈추지 않고 흐를 것을 알았기 때문이었다.

[마땅한 벌이었다.]

원망하여 말했지만, 용성군은 죄악감 없는 목소리로 대답해 주었다.

[아소의 주인은 네가 아닌 나였다. 하지만…… 주인의 뜻을 어겼지. 벌을 내리는 것이 당연하잖느냐.]

"당신은 아소의 주인이 아닙니다."

[내가 제대로 된 신격이 아니기에 그리 말하는 것이냐.]

"잘못되었으니까요."

[모든 것을 알지 못하는 네가 잘못을 판가름할 수는 없는 일이지…….]

용성군이 혀를 차며 말했다.

라이 룽은 처참하게 죽던 아소의 모습을 떠올렸다.

언제나 라이 룽의 뜻을 따르던 천공룡 하미르. 그가 직접 아소를 죽였다. 하미르의 바람에 아소는 잘게 갈린 고기조각으로 변했다.

'도망…….'

하지 말라고 외쳤는데, 하미르는 라이 룽의 말을 듣지 않았다. 신비경을 나가기 직전의 일이었다.

입구를 가로막은 하미르를 향해 뛰어들며 아소가 외쳤고,

그 직후에 죽었다. 라이 룽은 아무것도 하지 못하고 도망쳐 나온 자신의 무력감을 역겹게 느꼈다.

[그 인간에게 도움을 청한다고 무언가 달라질 것이라 생각하느냐.]

라이 룽은 치미는 울음을 삼키며 핸드폰을 내려 보았다.

'도와줘.'

아까 전에 보낸 메시지에 답장이 와 있었다.

[어리석게도.]

용성군이 혀를 찼다.

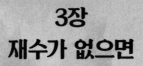

3장
재수가 없으면

라이 룽에 대해서.

처음 만났던 것은 카르파고와 연리운의 합공을 받았을 때. 그때 라이 룽의 도움으로 목숨을 건질 수 있었다.

그 후 자잘하게 몇 번 더 만남을 가졌다. 호른에 가는 것에 라이 룽의 도움을 받았고, 그곳을 탈출하는 과정에서도 라이 룽의 도움을 받았다. 천존과 싸울 적에는 천공성을 두고 경쟁하기는 했지만, 어느 정도 손발을 맞춰 협력하기도 했었다.

그리고 마룡왕과 싸울 때도. 위치엔드에게 이야기를 들어 라이 룽을 구하러 갔었다.

사실 누가 누구를 구했는지는 이제 와서는 잘 알 수가 없었다. 구하러 가기는 했지만, 백현은 마룡왕을 이길 수 없었고,

라이 룽이 도망칠 틈을 벌어주는 것이 고작이었다.

기껏 그렇게 보내주었더니, 다시 돌아온 것이 문제라고는 할 만했지만, 만약 라이 룽이 돌아와 시간을 벌어주지 않았다면 파천을 펼칠 틈을 잡지는 못했을 것이다.

생각해 보면, 라이 룽과는 여러 가지로 참 많이도 얽혔다. 그녀는 백현의 목숨을 한 번 구해주었고, 백현도 라이 룽의 목숨을 한 번 구해주었다. 구명(求命)의 빚은 그렇게 청산했다.

백현이 아는 라이 룽은 자존심이 참 강한 여자였다. 처음 만났을 때부터 쭉. 천공성에서 만났을 때도 마룡왕의 저주를 지니고 있었는데, 도와주겠다고 먼저 말해주었는데도 라이 룽은 끝내 도와달라고 말하지는 않았다.

그런데 지금 와서 도와달라니.

백현은 삐딱하니 서서 아래를 내려 보았다. 처음 보는 베이징의 풍경은 별다른 감흥을 전해주지 않았다. 사람이 득실거리는 도시. 그뿐이었다.

그나마 눈길이 가는 것은 커다란 자금성 정도. 그것도 역사 교과서에서나 봤던 것을 실제로 보게 되었다는 정도의 감흥이었지, 감탄이 나오거나 하지는 않았다. 관광으로 왔다면 조금 달랐을까.

백현은 핸드폰을 내려 보았다. 라이 룽이 찍어준 위치는 저 아래다.

대체 무슨 일이 있었기에, 그 도도한 라이 룽이 도와달라는 말까지 하는 것인지 알 수가 없었다.

'최대한 빨리 오기는 했는데.'

로즈덤을 나온 직후에 라이 룽의 연락을 받았다. 사라에게 사정을 말하고, 곧바로 천공성을 움직여 베이징까지 왔다.

최근 헌터와 관련해 세상이 시끄럽다. 허락도 구하지 않고 천공성을 타고 중국에 온 것이 문제가 될지도 모르는 일이다.

하지만 백현이 알 바는 아니었다.

"오지랖도 넓으셔."

"도와달라잖아."

"그게 전부야? 라이 룽이라서 도와주는 건 아니고?"

"그건 맞지."

백현은 부정하지 않고 고개를 끄덕거렸다. 그러자 사라의 눈이 예리해졌다.

백현은 뒤를 돌아보면서 대답했다.

"모르는 사람도 아니잖아. 도와달라는데 도와줄 의리는 있는 관계라고 생각해."

"얼씨구, 참 잘나셨어."

"그리고 솔직히 궁금하잖아. 대체 무슨 일이 있어서, 그 라이 룽이 나보고 도와달라고 하는 걸까? 가타부타 사정도 알려주지 않고 말이야."

상황이 궁금한 것은 진심이었다.

하물며 이곳은 어비스도 아닌 현실이다. 이 세상에서 용성군의 사도인 라이 룽이 감당하지 못해 도움을 청할 상황이 무어가 있을까? 어비스에서라면……

'마룡왕?'

백현은 창틀에 발을 올렸다. 그는 두 눈을 가늘게 뜨고 아래를 보았다. 넓고 수북한 콘크리트의 정글 속에서 백현은 정확히 라이 룽을 보고 있었다.

'이상해.'

찾아내는 것은 생각보다 어려웠다.

원래라면 어렵지 않을 일이었다. 이 거대한 도시에서 라이 룽의 존재감은 독보적이다. 도시 인구만큼 헌터는 수북하게 많겠지만, 그중 사도의 존재감은 오직 라이 룽뿐이다. 라이 룽뿐이어야만 했다.

'저 새끼는 또 뭐야?'

백현은 눈을 가늘게 뜨고서 먼 곳을 바라보았다. 지금 백현이 있는 곳과 한참 거리가 있는 곳이지만, 백현의 눈은 '그'를 정확히 보고 있었다.

처음 보는 놈이었다. 그런데도 왠지 모르게 뺀질거리는 성격일 것 같아, 머리를 콱 쥐어박고 싶어지는 얼굴의 꼬맹이다.

그것뿐이라면 백현이 처다볼 것도 없다. 저 꼬맹이에게서 사도의 힘이 느껴진다.

사실 그것은 틀림없다 확신할 정도는 아니었다.

'사도'에 초점을 맞추어 이 도시 전역을 살피던 중, 찾는 라이 룽은 발견하지 못하고 저 뭔지 모를 놈만 찾아버렸다.

놈에게 느껴지는 사도의 격은 굉장히 미약해서, 지금 수준의 심안으로서도 간파가 제대로 되지 않았다.

'누구지?'

사도 혹은 예비 사도. 백현이 알고 있는 존재는 아니다. 군주 중에 사도를 데리고 있지 않은 것은 무령과 흑장미여왕, 역천자뿐이다. 진 웨이가 죽어버려서 하이로드도 사도를 데리고 있지 않으니 셋인가? 무령의 사도라면 백현이 알아보지 못할리가 없다.

'알아보기 힘들 정도의 희미한, 그렇다면……'

백현의 의심은 저 꼬맹이가 역천자의 사도일지도 모른다는 것으로 좁혀졌다. 당장 놈의 목덜미를 낚아채고 싶지만, 그걸목적으로 베이징에 온 것은 아니다.

'뭔 일이 있어서 이렇게 약해진 거야?'

백현은 다시 라이 룽을 내려다보았다. 라이 룽을 찾아내기 힘들었던 것은, 그녀가 도저히 사도라고는 생각할 수 없을 정도로약해져 있었기 때문이었다. 느껴지는 것만으로는 이제 막 어비스에 들어간 헌터와 비교해도 거의 구분이 되지 않을 정도.

그렇게 약해진 라이 룽은, 골목 깊은 곳에서 주저앉아 웅크리고 있었다.

저걸 계속 보고 있자니 영 현실감이 없어진다. 오히려 함정일지도 모른다는 생각이 들었다.

혹시나 싶어서 다시 한번 살펴보았다.

백현이 상상한, 라이 룽이 현실에서 도움을 청할 최악의 경우는 마룡왕이 어비스에서 현실로 넘어온 경우였다. 그런 것이라면 그 자존심 강한 라이 룽이 도움을 청하기 부족함이 없었다.

하지만 아무리 살펴봐도 마룡왕의 기척은 느껴지지 않는다. 그 대신이라 하기에도 민망하지만, 잡스러운 기척 여럿이 라이 룽이 주저앉아 있는 골목으로 접근하고 있었다.

'움직이는 것이 나을까.'

이곳은 안전과는 거리가 먼 장소다.

중국의 치안과는 별개다. 사람이 득실거리는 도시, 그 말은 즉 헌터도 많다는 뜻이다.

그중 용성군과 계약한 헌터들이 군주의 뜻을 받들어 라이 룽을 노리고 올지도 모르는 일. 용성군은 '그런 일은 하고 싶지 않다'라고 말했지만, 라이 룽은 더 이상 용성군의 말을 믿을 수 없었다.

그런 생각조차 용성군에게 전해지고 있겠지. 하지만 용성군은 아까부터 아무런 말도 하지 않고 있다.

라이 룽은 아랫입술을 잘근 씹었다. 사도로 영위하던 힘을 잃게 된 이상 지금의 그녀는 무력하기 짝이 없다.

'세이프 하우스라도 준비해 둘 것을 그랬나?'

뒤늦게 후회가 들었다.

필요가 없었을 뿐이다. 라이 룽의 괴이산은 이 세상에서 가장 안전한 장소였다. 중국에서 라이 룽을 위협할 존재는 단 한 명도 없었다. 주석이라 할지라도 중국의 유일한 사도인 라이 룽을 대놓고 압박할 수 없었다.

'차라리 공안에 신변 보호를…….'

그것도 무의미하지.

라이 룽은 헛웃음을 흘리며 담배를 꺼냈다.

공안은 다양한 헌터들로 구성되어 있고, 용성군과 계약한 헌터의 수도 많다. 사도의 힘을 잃게 된 자신을 공안이 완벽히 보호해 줄 것이라는 생각도 하기 힘들다. 여러 가지 특혜를 받던 라이 룽은 그만큼 적이 많았다.

저벅거리는 발소리들이 다가온다. 담배에 불을 붙이던 라이 룽은, 그대로 굳어서 시선만 들었다.

몇몇 헌터들이 골목 안으로 걸어 들어오고 있었다.

알고 있는 얼굴들이었지만, 반가움은 전혀 느껴지지 않았다. 번들거리는 대머리에 가득 새긴 문신. 중국에서 라이 룽 다음으로 레벨이 높은, 흑련회의 길드장인 옌 차오.

그 곁에는 옌 차오의 심복이라 할 수 있는 헌터들이 몇몇 있었고, 모두 라이 룽이 아는 얼굴이었다.

하지만 라이 룽을 정색시킨 것은 옌 차오가 저기 있다는 것 때문이 아니었다.

"마스터."

"뻔뻔도 하시지."

라이 룽은 결국 그렇게 이죽거리고야 말았다. 그녀를 마스터라고 부르는 것은, 그녀의 길드인 천룡회의 헌터들뿐이다.

라이 룽은 적의 가득 찬 눈으로 헌터들을 노려보았다.

그들이 올 것을 예상하지 못했던 것은 아니다. 천룡회의 헌터들은 모두가 용성군과 계약했다. 옌 차오야 와도 이상할 것이 없는 놈이지만, 설마 직접적인 부하라 할 수 있는 천룡회의 길드원들까지 왔다는 것은 배신감을 느끼기 충분한 일이었다.

"같이 돌아가 용서를 빕시다."

"용서?"

"군주께서 친히 저희에게 말씀을 내리셨습니다. 지금이라면 그분도……."

"용성군이 뭘 약속했지?"

더 들을 것도 없는 말이었다. 용서를 운운한 것을 보니 용성군이 저들에게 대체 무슨 말을 지껄인 것인지 훤히 알 수 있을 것 같았다.

"레벨? 권능? 아니면 설마, 사도의 자리라도 약속했나?"

비웃듯 말하며, 라이 룽은 이 상황을 어떻게 돌파해야 할지에 대해 생각했다.

하지만 아무리 생각해 보아도 답은 없었다.

차라리 어비스로 도망칠까. 그렇다면 당장의 위기는 피할 수 있겠지만, 지금의 라이 룽은 판데모니엄 근처의 몬스터 하나도 감당하기 힘들 만큼 약해져 있다.

"자, 자. 상황은 나도 잘 모르겠지만, 그래도 사도이신 몸이니 너무 구질구질하게 굴지는 마시고……."

옌 차오가 으스대듯 말하며 한 걸음 걸었을 때. 그의 눈동자에서 빛이 사라졌다.

그는 자신이 공격당했다는 사실도 알지 못하고 그대로 앞으로 고꾸라져 기절했다. 라이 룽의 눈이 휘둥그레 떠졌다.

옌 차오가 쓰러지자 다른 헌터들이 놀란 소리를 내며 경계 태세를 갖추었다.

무의미했다. 라이 룽의 눈에는 검은 바람이 한 번 스치는 것으로밖에 보이지 않았다. 모든 헌터들이 정신을 잃고 바닥에 널브러졌다.

라이 룽은 입술을 반쯤 벌리고서 앞을 쳐다보았다.

"타이밍 기가 막히지?"

백현은 손을 툭툭 털며 물었다.

누구더라? 그는 가장 먼저 기절시킨 대머리를 힐끗 쳐다보았다. 워낙 강렬한 인상이라 잊지는 않았는데, 언제 보았는지 잘 기억이 나지 않았다. 기억이 나지 않는 것을 보니 별것 아닌 조무래기인 듯싶었다.

"죽일 걸 그랬나?"

"아, 아니."

라이 룽은 더듬거리며 대답했다.

연락을 보내고 그리 많은 시간이 지난 것도 아니다. 백현이 말한 대로였다. 기가 막힌 타이밍이었다.

백현은 성큼거리며 라이 룽에게 다가가 손을 내밀었다.

"대체 무슨 일이야?"

라이 룽은 눈앞에 다가온 손을 바라보았다.

도와달라고 부탁하고, 알겠다는 대답을 듣기는 했지만……
설마 이렇게 진짜 와줄 것이라고 큰 기대는 하지 않았다.

라이 룽은 아랫입술을 꾹 눌러 씹었다. 구차하게 도움을 청한 자신에 대한 무력감과 이 어쩔 수 없는 상황이 서글펐다.

백현은 두 눈 가득 눈물을 채우는 라이 룽을 보며 움찔 당황했다.

"왜 울어?"

"……안 운다."

"울잖아. 대체 왜 우는 거야?"

"안 운다고 했잖아……!"

넌지시 묻는 질문에 라이 룽은 고집스러운 목소리로 내뱉었다.

말은 그렇게 했지만 어쩔 수 없는 눈물이 뺨을 타고 주르륵 흐르고 있었다.

도망치라는 말을 유언으로 하고 죽은 아소의 모습이 눈앞에 아른거린다.

부하랍시고 거둬 챙겨주었던 천룡회. 하지 말라고 외쳤지만, 무언으로 답하며 아소를 찢어 죽인 하미르. ……딸이라고 말했으면서. 대의를 위한다고, 너는 용이 될 거라고. 그렇게 말하던 용성군. 그들에 대한 배신감이 라이 룽의 몸을 절망이란 무게로 짓눌렀다.

"……대체 무슨 일이야?"

백현은 그렇게 중얼거리며 몸을 기울였다.

그는 라이 룽을 일으켜 세웠다. 라이 룽은 우는 소리를 내지 않으면서 눈물만 주룩주룩 흘렸다.

백현은 손수건을 가지고 다니지 않는 것을 후회했다. 하도 울어대길래, 슬쩍 손등을 가져다가 라이 룽의 눈물을 대충 닦아주었다.

"여기 계속 있어야 돼?"

"……아니."

"쟤들은 어떡해?"

"내버려…… 둬."

"움직일 수 있겠어?"

라이 룽은 살짝 고개를 끄덕거렸다.

백현은 라이 룽을 부축하던 손을 놓고 훌쩍 뛰어올랐다. 그렇게 공중에 서서 라이 룽을 내려 보았지만, 라이 룽은 망연자실한 표정을 지으며 백현을 올려볼 뿐이었다.

"뭐 해? 움직일 수 있다며."

"……."

라이 룽의 어깨가 파들거리며 떨렸다.

그녀는 이를 악물고 있는 힘껏 위로 뛰어올랐다. 하지만 그녀의 도약은 형편없는 수준이었다.

백현은 그것을 물끄러미 내려 보며 작게 헛기침을 뱉었다.

"말을 하지 그랬어."

무력감에 수치심이 더해졌다. 라이 룽은 빨개진 얼굴을 푹 숙이고 어깨를 부들부들 떨었다.

백현은 슬며시 손을 움직여 라이 룽을 위로 떠오르게 만들었다.

"먼저 가 있어."

"······뭐?"

"신경 쓰이는 게 있어서."

백현은 그렇게 대답해 주며 라이 룽의 몸을 천공성으로 날려 보냈다. 라이 룽이 당황해 뭐라고 소리를 질렀지만, 워낙 말이 빨라서 제대로 알아들을 수가 없었다.

백현은 천공성을 향해 멀어지는 라이 룽을 배웅하듯 손을 흔들었다. 그러고는 천공성이 있는 방향과 정반대로 날아올랐다.

'누군지는 모르겠지만.'

일단 잡아볼 생각이었다.

"실종이라더니, 아는 게 없어."

해리는 투덜거리면서 자금성 근처를 걸었다.

용성군의 사도가 실종되었다는 기사가 해리를 이 쓸데없이 넓은 중국에 오게 만든 배경이었다.

솔직히 그는 라이 룽이 실종되건, 어디서 뒈지건 알 바가 아니었다. 하지만 그가 섬기는 하이로드의 생각은 달랐다. 지금 상황에서는 작은 정보라도 확실히 파악하는 것이 중요하다.

특히 아마존으로 향한 마타도르나 팔로워의 동향은 관리국을 거의 완벽하게 장악했던 하이로드도 완전히 파악하고 있지 못했다.

중국까지 온 것은 귀찮고 짜증 나는 일이었지만, 솔직히 아주 기분이 나쁘지는 않았다.

퓨어세인트에게 침식된, 게시자 테베르의 팔로워 그룹은 더 이상 인간이라고 할 수 없는 저열한 짐승이 되어버렸다.

그것까지는 뭐 그러려니 싶지만, 드레이브가 공적인 스케줄을 수행할 때에 그 짐승들을 관리해야 하는 것이 해리의 몫이라는 것이 문제였다.

그래도 라이 룽의 실종을 빌미 삼아 중국까지 오게 되었으니, 그 똥오줌 못 가리는 등신들은 당분간 보지 않아도 되었다. 정작 중국에서는 아무런 소득도 얻지 못했지만 말이다.

관리국은 해체되었지만 하이로드의 눈과 귀가 닫힌 것은 아니다. 비록 해체되었다고 해도, 관리국의 역할은 각국의 정부가 대신 수행하고 있다.

사실상 말이 해체일 뿐이다. 국장을 비롯한 관리국의 주요 인사만 모조리 잘라내고, 정부와 합병한 것이라고 보는 편이 옳다. 그리고 각국 정부에 합병되어 관리국의 역할을 새로이 수행하는 정부 기관에는 하이로드의 눈과 귀가 즐비하다.

그들에게서 라이 룽의 동향에 대해 알아보았지만, 실종을 뒷받침할 답은 듣지 못했다. 실종설이 떠돌 때부터 라이 룽은 어비스에 있었고, 그 시간이라 해봐야 사흘밖에 되지 않는다.

라이 룽이 그 정도의 시간을 어비스에 보낸 것은 한두 번이 아니었으니, 라이 룽의 실종설은 결국 이목을 끌기 위한 근거 없는 찌라시였을 뿐이었다.

그래도 혹시 몰라 중국에 왔고, 직접 자금성의 엽인 관리회를 방문해 정보를 캐보았는데. 라이 룽의 실종설은 터무니없는 낭설일 뿐이었다.

[그래도 혹시 모르는 일입니다. 괴이산에도 가보세요.]

'재수가 없으면 라이 룽과 직접 맞닥뜨리게 될지도 모르는데요?'

[그렇다 해도 라이 룽이 실종되지 않았다는 것을 확인할 수 있잖습니까.]

'정말 마룡왕이 이 일에 연관되었다고 생각하시는 거예요?'

[이제 와서, 라는 것이 의문이기는 하지만. 용성군의 사도를 물리적으로 압박할 존재 중 가장 명확한 적의를 가진 것은 마룡왕뿐입니다.]

해리는 살짝 고개를 끄덕거렸다.

마룡왕이 위험하다는 것은 해리도 잘 알고 있었다. 진 웨이를 죽이고 일 년 넘도록 마룡왕은 뚜렷한 움직임을 보이지 않고 있다.

진 웨이를 죽였을 당시만 해도 당장에라도 드레이브를 찾아가 퓨어세인트를 족칠 기세였는데도, 일 년간 마룡왕이 침묵하고 있었다는 것은 확실히 의아한 일이다.

'만약 마룡왕이 관련되어 있다면……'

하이로드에 대한 질문이 끝나기도 전이었다. 해리의 전신 털이 오싹하고 곤두섰다.

"너 누구냐?"

누군가가 등 뒤에 있었다.

해리는 뺨에 곤두선 솜털이 바람에 꺾이는 것을 느끼며 꿀꺽 침을 삼켰다.

재수가 없으면 라이 룽과 직접 맞닥뜨릴지도 모른다고 생각했는데. 아무래도 그보다 훨씬 재수가 없었던 모양이다.

'어떡하지?'

해리는 아직 뒤를 돌아보지 않았다.

등 뒤에서 들린 목소리, 직접 들어본 적은 없지만, 귀에 익은 목소리다.

사실 그것만으로 알아차리기는 부족하지만, 솜털을 곤두세우게 만드는 위압감까지 더해진다면 누군지 특정하는 것은 어렵지 않았다.

백현. 한국에 있어야 할 그 새끼가 대체 왜 여기에 있는 걸까. 일 년 동안 실종되었다는 그놈이 돌아왔다는 것은 뉴스와 기사를 통해 접했지만, 놈이 중국 그것도 베이징에 와 있으리라고는 상상도 하지 못했다.

아니, 그것보다는 놈이 '정확하게' 자신을 발견하고, 이렇게 뒤를 잡았다는 것이 당황스럽다.

해리는 대외적으로 드러나지 않았다. 진 웨이를 예비 사도로 세우면서까지 하이로드가 숨겨둔 진짜 사도고, 관리국에 등록은커녕 신분조차 말소되어 있다.

그렇다 보니 해리는 자신을 숨기기 위해 다양한 인지 조작을 두르고 있었다. 다른 군주의 사도조차도 해리를 마주한다면 그가 사도라는 것을 알아차리지 못할 정도다.

그런데도 들켰다. 어떻게? 설마 놈이 자신에 대해 무언가 꼬리를 잡고 덫을 놓았던 걸까? 해리는 다양한 상상을 하며 꿀꺽 침을 삼켰다.

사실 너무 크게 재수가 없었을 뿐이다. 백현이 해리를 찾아낸 것은 베이징 전역을 탐색한다는 무식한 짓거리가 가져온 뜻밖의 소득에 지나지 않는다.

그마저도 지금 수준의 심안이라 발견할 수 있었던 것이지, 예전이라면 해리를 발견하지도 못했을 것이다.

"안 봐?"

"……누구세요?"

해리는 울먹거리는 목소리로 물었다.

그렇다고 진짜 우는 것은 아니었다. 부모와 떨어져 길 잃은 꼬마 흉내를 내는 것뿐이었다. 이건 의외로 잘 먹힌다. 해리의 나이는 열넷이고, 이곳은 드넓은 중국 베이징. 관광 명소로도 유명한 자금성 근처다.

"저, 전 아무것도 가지고 있지 않아요. 지갑은 부모님한테…… 부모님이랑도 떨어져서……."

"지랄하지 말고, 맞을래? 아니면 죽을래?"

먹히지 않았다. 짧은 영어로 내뱉는 말은 직설적이라 알아듣기 쉬웠다.

인도적이지 못한 새끼. 해리는 그렇게 생각하며 얼굴을 구겼다.

어린아이를 해치지 않는다는 것은 할리우드 영화에서도 항상 나오는 불문율인데, 저 무식한 한국인은 그 국제적인 예의범절과는 동떨어져 있었다.

'어떡하죠?'

해리는 우선 하이로드에게 조언을 구했다. 겁먹은 아이처럼 어깨를 바들바들 떠는 것은 여전히 계속하고 있었다.

'싸울까요? 그보다는…… 도망치는 것이 낫겠죠? 아무리 놈이 괴물이라고 해도, 최대 출력으로 마인드 컨트롤을 걸면 잠깐은…….'

[아니, 하지 마십시오.]

하이로드가 곧바로 대답했다.

[긁어 부스럼을 만들지도 모릅니다. 일단은 협조적으로 행

동하도록 하세요. 지금 당장은 그와 적대 관계가 형성되어 있
지 않습니다. 당신이 우호적으로 행동한다면 그도 당신을 크
게 핍박하지는 않을 겁니다.]

그게 정상이기는 하지.

해리는 한숨을 푹 내쉬며 양손을 들어 올렸다. 적어도 싸우
는 것보다는 낫다. 아무리 해리가 하이로드의 사도라고 해도,
그는 백현과 정면에서 힘으로 싸워 이길 자신이 전혀 없었다.

[우선 결계는 계속 유지하도록 하세요. 다른 누군가가 개입
하지 않도록 말입니다.]

"알았어요."

해리는 긴 한숨을 쉬며 대답했다.

"아저씨 말대로 할 테니까, 제발. 기세 좀 줄여주면 안 되나
요? 무서워서 오줌 쌀 것 같은데."

"한국말 잘하네?"

"영어로 하는 것보다는 이쪽이 아저씨도 편하잖아요. 안 그
래요?"

"그렇기는 한데. 아저씨라고 부르는 것이 마음에 안 드네. 내
가 아저씨라고 들을 나이는 아니지 않나?"

"그럼 형이라고 부를까요?"

"일단 몸이나 돌려. 낯짝이나 보게."

'농담이 안 통하는 상대일 것 같은데.'

해리는 표정을 가다듬으며 백현을 돌아보았다.

얼굴이야 이미 아까 전에 확인했지만, 가까이서 보니 더 어려 보인다. 서양인이라는 것을 감안하면 생각했던 것보다 더 어릴지도 모른다.

"뭐 하실 말씀이라도?"

해리는 주눅 들지 않은 목소리로 물었다. 백현은 삐딱하니 고개를 기울여 해리를 노려보았다.

"방금이랑은 너무 태도가 다른 것 아냐? 우는 척하면서 부모님이 어쩌고 했잖아."

"그렇게 해서 넘어갈 수 있었다면 계속 그렇게 했을 텐데요. 아저씨…… 아니, 형이 안 속아줬잖아요."

"누군지 뻔히 알고 뒤를 잡았는데, 그 말에 속으면 등신이지."

"……누군지 뻔히 알고? 형이 저를 안다고요?"

"아니, 몰라."

움찔해 묻는 질문이었지만, 백현은 덤덤한 목소리로 대답하며 고개를 가로저었다.

해리의 눈썹이 꿈틀거렸다. 그가 입술을 벌려 무어라 말하기도 전이었다.

"하지만 네가 어떤 군주의 사도라는 것은 알지. 정확히 누구인지는 모르겠지만, 추측은 하고 있거든."

"오, 그래요? 대체 누굴까요?"

해리가 웃으며 말을 받았다.

이게 지금 스무고개라도 하는 줄 아나. 백현은 피식 웃었다.

"역천자."

서로의 얼굴에서 웃음이 사라졌다. 백현은 더 이상 웃고 싶지 않은 기분이었고, 해리도 마찬가지였다.

그는 전신을 옭아 죄는 살기에 움찔 몸을 떨었다. 털이 다시 곤두서고 소름이 돋는다. 당연히 뛰고 있는 심장이, 뛰고 있다는 것이 어색하게 느껴졌다. 해리는 순간이나마 자신의 죽음이 당연히 이뤄질 수순이라는 것을 깨달았다.

[부정하십시오.]

하이로드가 급히 말했다.

[내 사도라는 것을 밝혀도 좋습니다. 최소한, 저 말도 안 되는 오해로 인해 여기서 당신이 개죽음을 당하는 것보다는 나을 테니.]

"아, 아니에요."

"대뜸 정답이라고 인정하는 것은 기대도 안 했어."

"아니 그런 게 아니라! 진짜예요! 역천자? 대체 왜 그런 오해를 하는지는 모르겠지만, 전 역천자의 사도가 아니라고요."

"됐고, 일단 몇 대 좀 때리고 나서 다시 들어볼게."

백현은 강압적인 태도를 물리지 않았다.

그럴 수밖에 없었다. 저 꼬맹이를 사도로 둔 군주의 후보로

오르는 것은 무령과 흑장미여왕, 하이로드, 역천자뿐이다.

그중 무령과 흑장미여왕의 사도라면 백현이 알아보지 못할 리가 없었다.

하이로드와 역천자? 그들은 백현의 적이다.

백현의 손이 올라가는 것을 보며 해리의 얼굴이 하얗게 질렸다.

그는 급히 뭐라고 외치려 했지만, 그보다 빠르게 백현의 손가락이 튕겼다.

빠악!

둔탁한 소리와 함께 해리의 고개가 뒤로 젖혀졌다.

평범한 딱밤, 그것도 직접 때린 것이 아니라 멀찍이서 허공을 손가락으로 튕겼을 뿐.

하지만 위력은 넘치고 남았다. 해리는 이마가 깨지는 것 같은 통증을 느끼며 비명을 질렀다.

방어 마법을 세울 틈도 없었다. 저 쾌속한 일격은 원초적인 폭력에 걸맞게 '아프다'라는 것만으로 정의할 수 있었다.

"으악!"

"저항하고 싶으면 저항해도 돼."

[하지 마십시오.]

하이로드가 급히 말했다.

[통증도 조작하지 마세요. 아무것도 하지 말고 무저항으로

맞기만 하십시오. 그렇게 하면……]

백현의 손가락이 한 번 더 튕겼다.

따악!

아까보다 맑은 소리가 났다.

해리는 이마를 부여잡고 땅을 뒹굴었다. 손으로 감싸 쥔 이마에 혹이 불룩 튀어나와 있었다. 손만 대도 척추가 찌르르 울릴 정도로 아팠다.

'바, 방어라도!'

[하지 마십시오. 아무것도 하지 말고, 완벽한 무저항으로 받아들이십시오. 그렇게까지 한다면 백현, 그도 더 이상 폭력을 쓰지 않을 겁니다.]

"저항해도 된다니까?"

백현은 해리를 내려 보면서 손을 휘저었다. 그러자 무형의 힘이 이마를 감싸던 해리의 손을 옆으로 치워 버렸다.

해리는 눈을 부릅뜨고 백현을 올려보았다. 사람이 득실거리는 자금성 근처 한복판에서 이리도 무식하게 소년을 핍박하다니!

그렇기는 하지만 주변 누구도 이쪽을 신경 쓰지 않는다. 사람들의 인식을 비트는 결계는 여전히 유지되고 있었다. 그걸 뚫고서 자신을 간파해 냈다는 것이 놀라울 뿐이다.

"지, 지금 뭐 하는 건 줄 알아요?! 이건 아동 학대……."

"알 바야?"

백현은 다시 손가락을 튕겼다.

악!

맞기도 전에 해리는 비명을 질렀다. 정작 타격이 들어온 뒤에는 비명도 지르지 못했다. 불룩 튀어나온 혹의 정중앙을 제대로 타격당했다.

백현은 허리만 크게 들썩거리는 해리를 눈을 찡그리며 내려 보았다.

"계속 입 다물고 있게?"

"아니라고…… 말했잖아요……!"

너무 아프다 보니 이 부조리한 상황에 대해 분노도 들지 않는다. 그냥 아프고 너무 아파서, 억울할 뿐이었다.

백현은 눈물을 그렁그렁 채우는 해리를 어이없다는 표정으로 내려다보았다.

"그럼 넌 뭔데?"

"하이로드의 사도!"

"진 웨이는 죽었는데?"

"그 새끼는 그 새끼고! 나는 아예 다른! 진짜 사도란 말이에요!"

해리가 고래고래 소리를 질렀다.

백현은 빤히 해리의 얼굴을 내려 보았다. 훌쩍거리는 코도 빨갛고 이마도 빨갛다. 쿵쿵거리며 뛰는 심장 소리는 빠르다.

거짓말처럼 들리지는 않았다.

백현이 천천히 고개를 끄덕거렸다.

"알았어."

"진즉에 좀 믿어주지!"

"네가 하이로드의 사도라고 해도 내가 안 때릴 이유는 없는데?"

"내가 뭘 잘못을 했다고!"

"진 웨이가 날 버리고 도망쳤었거든. 대신 맞았다고 생각해."

억울하기 짝이 없는 말이었다.

진 웨이가 백현을 두고 도망친 것은, 그가 연리운과 카르파고와 싸울 때의 일이다. 벌써 일 년도 지난 일이고, 해리 본인이 한 일도 아니었다. 그런데 왜 자신이 대신 맞는단 말인가?

"하이로드가 시킨 일이었을 것 아냐?"

"그렇다고 해도! 내가 한 것도 아닌데……!"

"뭘 잘했다고 소리를 질러? 몇 대 더 맞을래?"

백현이 낮은 목소리로 물었다.

해리는 그 즉시 입을 다물고 양손으로 이마를 감쌌다. 손바닥을 대는 것조차 아파, 슬며시 손을 굽혀 부은 곳을 직접 만지지는 않았다.

백현은 입을 꾹 다문 해리를 향해 손을 뻗었다.

'이, 이떡하죠?'

[가만히 있으십시오.]

무형의 힘이 자신을 휘감는 것을 느낀다. 당황해 묻지만 하이로드의 대답은 똑같았다.

'차라리 싸우라고 하지! 아니면 도망치라고 하던가⋯⋯!'

해리의 몸이 붕 떠오른다.

생각만 그리할 뿐이지, 해리는 저항하지 않고 몸에 힘을 쭉 뺐다.

"저⋯⋯ 절 어떻게 할 생각이에요?"

"데려갈 건데?"

"어디로⋯⋯? 제 동의는요?"

"따라갈래, 더 맞을래? 아니면 죽을래?"

"따라갈 건데⋯⋯ 이건 인도적으로 옳지 않은⋯⋯."

"나중에 경찰한테 신고해. 한국에 사는 백현이라는 새끼가 네 마빡을 깨버리고, 널 납치했다고."

백현이 이죽거렸다.

해리는 더 이상 말하지 않고 체념해 버렸다. 대체 왜 자신에게 이런 일이 생긴 걸까?

백현과 함께 하늘로 날아오르면서, 해리는 슬며시 물어보았다.

"⋯⋯제가 베이징에 와 있다는 것을 어떻게 알았죠?"

"몰랐는데?"

"네?"

"라이 룽을 찾으려고 왔는데, 걜 찾기도 전에 널 발견한 거야. 우연히 말이야."

고작 그딴 이유로 이 수모를 겪었다고? 그보다 대체 어떻게?
사도라도 알아차릴 수 없을 만큼 완벽하게 사도의 격을 감추
고 있었는데……!

"……절 어디로 데려가는 거죠?"

"천공성."

빌어먹을. 해리는 작은 소리로 중얼거렸다.

"절 굳이 거기까지 데려갈 필요가 있을까요? 그냥 어디 괜찮
은 카페나 식당에 가서 이야기를 나누면……."

"이야기만으로 끝나지 않을지도 모르잖아."

"아, 제발. 전 당신과 절대로 싸울 생각이 없어요. 아까처럼
아픈 꼴을 당하고 싶지도 않고! 무슨 말인지 알겠어요? 당신이
저한테 뭔가 물어본다면, 저는 굉장히 협조적으로 대답해 줄
용의를 충분히 가지고 있다고요!"

"그건 얘기를 해봐야 알지."

"정말로……."

"지금부터 한마디라도 더 하면, 네 마빡에 달라붙은 혹 내
가 때려서 터뜨려 버릴 거야. 아니면 불알을 깨버리던가."

해리의 몸이 후들거리며 떨렸다. 마빡을 깬다는 것도 끔찍
하게 무서웠지만, 불알을 깨버린다는 말도 만만찮게 무서웠다.

'아직도…… 아무것도 안 하고 따라가야 하나요?'

[예.]

'이대로 가다가는 제 정보를 다 털리고, 엄청 아프게 될 것 같은데……'

[당신이 협조적으로 나간다면 그렇게까지 하지는 않을 겁니다.]

'그건 상식적인 경우 아닐까요…… 저 인간은 전혀 상식적으로 보이지 않는데……'

[그렇긴 하죠.]

하이로드도 부정하지는 않았다. 그 무책임한 말에 해리의 뺨이 씰룩거렸다.

[너무 걱정하지는 마십시오. 도저히 어쩔 수 없는 경우라면 강신을 감행하더라도 당신을 구해내겠습니다.]

도저히 어쩔 수 없는 경우라. 그건 해리가 죽을지도 모르는 경우뿐이다. 그렇다는 것은, 죽지 않는 선에서라면 관망만 하겠다는 것 아닌가?

[어쩔 수 없는 일입니다. 너무 원망하지 말고 받아들이도록 하세요. 이렇게 엮이게 되었지만, 백현과 접촉하는 것은 큰 의미가 있는 일입니다. 적어도 이 건에 대해서 퓨어세인트는 간섭하지 않을 테니까요.]

사람들의 인식을 조작하는 결계는 쭉 유지하고 있었다.

'설마 이걸 위해서?'

하이로드는 피식 웃는 것으로 대답을 대신했다.

[그는 라이 룽을 찾으러 왔다고 했습니다. 실종…… 단순한 소문이 아니었던 모양이군요. 직접 말은 하지 않았지만, 그는 이곳에 온 목적을 이뤘을 겁니다. 천공성에 가면 라이 룽이 있을지도 몰라요.]

그 말대로였다.

백현이 해리를 데리고 천공성으로 돌아왔을 때. 라이 룽은 소파 한쪽에 앉아 웅크리고 있었다.

사라는 라이 룽을 그리 좋아하지 않았지만, 의외로 라이 룽과 가까운 곳에 앉아 그녀를 달래주고 있었다.

코끝과 눈시울이 아직 붉은 것을 보니 이제 막 울음을 그친 모양이었다.

"그 꼬맹이는 또 뭐야?"

사라는 백현이 뒤에 달고 온 해리를 보며 눈을 동그랗게 뜨고 물었다.

백현은 뒤를 힐긋 돌아보았다. 해리는 양팔을 축 늘어뜨리고 시체처럼 공중에 둥둥 떠 있었다.

"하이로드의 사도래."

백현의 대답에 라이 룽이 고개를 든다. 방금까지 울어 퉁퉁 부은 눈이 해리를 응시했다.

해리는 라이 룽을 보면서 꿀꺽 침을 삼켰다.

'이건 대체 뭔 상황이야?'

[이상하군요. 라이 룽에게서 사도의 힘이 거의 느껴지지 않아요. 마룡왕의 저주 때문인가? 그녀의 저주는 대상을 죽이는 것이지 힘을 빼앗는 것은 아닐 텐데……?]

"걔는 왜 데리고 온 거야?"

"물어볼 게 많잖아. 퓨어세인트도 그렇고."

[퓨어세인트에 대해 묻는 것은 바로 대답하지 마십시오. 저와 충분히 상의를 거쳐서…….]

"하이로드가 뭐라고 말하고 있냐?"

[쉿.]

하이로드가 급히 덧붙였다.

해리는 아무런 말도 하지 않았다. 그러자 기다렸다는 듯이 백현이 손가락을 튕겼다.

따악!

아까와 똑같은 충격이 해리의 이마를 때렸다. 축 처졌던 팔다리가 발작하듯 뒤틀린다.

"아으으!"

[그냥 말하십시오.]

안 되겠다 싶었는지, 하이로드가 덧붙여 말했다. 이럴 거면 진즉 말하게 하지. 해리는 억울해 미칠 것 같았다.

"퓨어세인트에 대한 이야기는…… 자신과 상의해서 대답하라고……."

"감히 뒤에서 작당 모의를 해? 안 되겠다. 일단 불알 하나를……."

"아니! 잠깐! 솔직하게 말했잖아요! 이제는 다시는 안 그럴 테니까!"

해리가 고개를 들며 침을 튀겨 외쳤다.

[이쪽이 뱉는 정보만큼 얻는 것이 있어야 할 텐데.]

하이로드가 작은 소리로 중얼거렸다.

'그럼 저는요?'

해리가 급히 물었다.

[죽지만 않으면 기회는 옵니다.]

하이로드의 대답에, 해리는 그냥 죽고 싶어졌다.

4장
역린

우선 이 상황을 냉정히 이해하는 것이 중요했다.

이곳은 천공성. 백현의 영역이다. 바깥에서 싸워도 승산은 희박한데, 천공성 안에서라면 결과는 점쳐볼 것도 없었다. 이곳은 호랑이 굴이 아니라 호랑이의 아가리 속이었다.

도망칠 수 있을 때 도망쳐야 했던 것이 옳지 않았을까.

여전히 그런 생각을 하면서, 해리는 꿀꺽 침을 삼켰다. 불알을 으깨 버린다는 무식하고 두려운 협박은 결국 실행되지 않았지만, 백현이 말뿐인 상대가 아니라는 것은 충분히 알았다. 아직도 해리의 이마는 산처럼 부어서 욱신거리고 있었다.

지금 상황. 해리를 베이징까지 오게 만든 장본인인 라이 룽은 실종되지 않고 천공성에 있었다.

멀쩡한 상태는 아니었다. 해리는 라이 룽에게서 사도다운 힘을 조금도 감지하지 못했다.

김사라. 해리는 그녀를 힐긋거리며 쳐다보았다.

라이 룽의 곁에 앉은 사라는 경계심 가득한 눈으로 해리를 쏘아보고 있었다.

외모만 본다면 지독할 정도로 아름다웠지만, 시선은 날카롭고 싸늘하다. 그녀도 쉬운 상대는 아니다. 제대로 파악되지는 않았지만, 여태까지의 행적으로 드러난 힘만 해도 사도에 준한다고 평가된다. 그마저도 야박하게 절하된 평가였다.

해리는 꿀꺽 침을 삼켰다.

마지막으로 백현을 본다. 그는 삐딱하니 서서 해리를 내려 보고 있었다. 해리의 이마에 커다란 혹을 내준 손가락은, 이미 심문의 준비가 끝난 것처럼 보였다.

"이름이 뭐냐?"

"해리입니다."

"그게 끝이야?"

"성은 없어요. 그냥 해리예요."

심문이 시작되었다.

시작은 대답하기 쉬운 질문이었다. 해리는 주저하지 않고 자신이 누구인지 밝혔다. 해리라는 이 흔해 빠진 이름만이 하이로드의 사도라는 것을 제외하고 해리가 가진 전부였다.

"베이징에는 왜 왔지?"

"라이 룽이 실종되었다는 이야기를 듣고 알아보려고 왔어요."

"그걸 네가 왜 알아봐?"

"혹시 라이 룽의 실종에 마룡왕이 관련되지 않았을까 해서죠. 마룡왕이 퓨어세인트와 하이로드에게 품고 있는 전의는 너무나도 분명한 것이고, 그녀의 힘은 우리에게 충분한 위협이에요. 만약 라이 룽이 정말 실종되었고, 그것이 마룡왕에 의해서라면. 그간 별다른 움직임을 보이지 않았던 마룡왕이 행동에 나선 것이니, 우리로서는 확실히 알아볼 필요가 있었어요."

해리는 막힘없이 대답했다. 더 물어볼 것도 없이 완벽한 대답이었다. 이마에 계속 딱밤을 먹인 것이 생각보다 효과가 있었던 모양이다.

"왜 마룡왕이 너희에게 분명한 적의를 가지고 있다는 거야?"

"……음, 사소한 오해 때문이죠. 마룡왕은 과거 자신을 덮쳤던 혼돈의 폭풍을 퓨어세인트와 하이로드가 의도해 함정에 빠뜨린 것이라 생각하고 있거든요."

그 말에 백현의 눈이 얇아졌다.

인정하지 않고 한발 물러서는 해리의 태도도 믿을 수 없었지만, 마룡왕을 비롯한 군주들의 타락에 퓨어세인트와 하이로드가 얽혀 있다는 것은 틀림없었다.

"그 대답은 하이로드가 그렇게 하라고 언질해 준 거냐?"

"……저나 하이로드나 지금 상황에서 거짓말을 할 생각은 없어요."

"그럼 솔직하게……."

백현은 잠시 말을 멈추었다.

그는 고개를 돌려 라이 룽을 바라보았다. 라이 룽이 처한 상황은 아직 알지 못했지만, 용성군에게 괜한 이야기를 전해줄 수는 없었다.

백현과 눈이 마주친 라이 룽은 고개를 끄덕거리며 몸을 일으켰다.

그녀는 거실을 떠나 비어 있는 방 안으로 들어갔다. 아까부터 아무런 말도 하지 않고 있는 용성군의 침묵이 불안했지만, 지금 상황에서 용성군이 간섭해 올 방도가 없다는 것이 라이 룽을 그나마 안심시켰다.

"자, 그럼 솔직하게 말해봐. 그 일에 대해서 하이로드와 퓨어세인트는 정말 아무 연관도 없는 거냐?"

라이 룽은 거실을 떠났지만, 백현은 혹시 모를 일을 방지하고자 기막까지 펼쳐 소리를 차단했다.

해리는 초조한 얼굴로 백현을 올려보았다.

"그건……."

"대답이 늦는다 싶을 때 뭘 해주겠다고 말해야 네가 수작질을 그만둘까?"

"연관이 있습니다."

해리는 즉시 대답했다.

백현은 갑자기 차분해진 해리의 목소리와 눈동자를 놓치지 않았다. 터질 듯 빨리 뛰던 심장 소리도 평온해지고 땀도 더이상 흐르지 않는다.

"역시 눈치채시는군요. 강신이 아니니 경계하지 마십시오."

해리는 백현을 올려보며 빙그레 웃었다.

"제 의식을 공유시키고 있을 뿐입니다. 이쪽이 피차 대화하기 편하지 않겠습니까?"

"아니, 이쪽이 더 불편하지. 내가 저 꼬맹이를 어떻게 조지든 당신이 아픔을 느낄 일은 없을 테니까."

"하하, 그것도 그렇군요. 하지만 걱정하지 않으셔도 됩니다. 전 당신과 이렇게 마주하고 대화를 나눌 수 있게 되었다는 것에 큰 흥미를 가지고 있거든요. 하이로드라는 제 신명에 걸고 맹세하건대, 전 거짓말을 하지 않을 겁니다. 차마 대답하지 못할 질문이라면 거짓말 대신에 침묵하도록 하죠."

하이로드가 너털웃음을 터뜨리며 말했다. 백현의 눈이 찡그려졌다.

지금이 더 불편하다는 마음은 그대로였다. 아무리 사도라고는 해도 인간이다. 살아온 시간이라고 해봤자 인간의 시간이고, 군주의 권능을 사용할 수 있다 해도 결국은 인간일 뿐이다. 그런 상대라면 압박할 수단이 무궁무진했다.

하지만 군주, 신격이라면 이야기가 다르다.

"자, 제가 협조하는 대신에……. 한 가지 약속을 받아내고 싶은데요. 지금 이 자리에서 제 사도의 안위를 보장해 주실 수 있으십니까?"

"내가 왜 그래야 돼?"

"당신이 야만적이지 않은 지성인이라 믿기 때문입니다."

하이로드가 대답했다.

"지금 상황은 저에게도 꽤나 곤란하답니다. 솔직히 말해서, 여기서 제 사도를 탈출시키는 것은 저에게도 불가능합니다. 강신이라는 패가 있기는 하지만, 감행한다고 해도 탈출은 불가능하겠죠. 하지만, 꼭 '탈출' 시킬 필요는 없어요. 아쉽고 안쓰럽기는 하지만, 제 사도를 포기하면 됩니다."

그것이야말로 실리만을 추구한 최적의 행동이다. 하지만 하이로드는 그렇게 하지 않았다.

"제 사도를 포기하고 싶지 않아서가 아닙니다. 저는 당신에게 많은 흥미를 가지고 있어요. 당신은 어떠십니까? 야만적인 폭력을 선택해 이 기회를 놓치시겠습니까? 아니면 적절히 타협해 저와 대화를 나누시겠습니까?"

백현은 말없이 자리에 털썩 앉았다.

그는 예리하게 뜬 눈으로 해리를, 아니, 저 너머에 있는 하이로드를 노려보았다.

하이로드는 빙그레 웃으며 고개를 끄덕거렸다.

"좋습니다. 자, 이야기를 계속하죠. 그 '일'에 나와 퓨어세인트가 연관되었던 것은 사실입니다. 정확히 말하자면 퓨어세인트가 주동(主動)했고, 제가 거들었습니다."

하이로드가 양손을 들어 올리며 말했다. 마치 자신의 탓이 없다는 것처럼.

"언제나 그랬죠. 늘 일을 꾸미고, 그것을 실행에 옮기는 것은 퓨어세인트였습니다. 저는 그녀가 하려는 일이 정말 가능할지, 어떠한 변수는 없는지, 그것을 저 개인의 지식과, 그에 따른 조언과 지금은 잃어버린 권능인 오라클로 점검하는 역할이었습니다."

"왜 그런 일을 벌였지?"

"당신은 흑장미여왕과 만났지요? 아직 인간인 당신에게 느껴지는 격과 그 외투. 흑장미여왕이 왜 당신에게 그러한 조력을 했는가…… 답이 너무 뻔하군요. 흑장미여왕은 당신에게 퓨어세인트의 징벌을 부탁했을 겁니다. 그렇다면 당신도 퓨어세인트와 흑장미여왕 사이에 무슨 일이 있었는지 알고 있을 것 아닙니까?"

백현은 조용히 고개를 끄덕거렸다.

하이로드는 해리의 입술을 움직여 미소 지었다. 확신에 가까운 심증이라도 심증만으로는 답이 될 수 없다. 하지만 백현이 고개를 끄덕거림으로써, 하이로드는 분명한 답을 얻었다.

"당시의 퓨어세인트는 이미 혼돈의 근원을 찾아냈지만, 그것을 취하지 못하고 있었습니다. 고민 끝에 생각해 낸 것이 다른 신격을 '소모'해 혼돈의 근원을 한 번 폭주시키고, 그 여파로 안정된 힘을 취하는 것이었죠."

하이로드가 말을 이었다.

"흑장미여왕은 함락시키기 쉬운 상대였습니다. 가진 힘은 대단했지만, 그녀의 의식은 너무나 지쳐 있었어요. 결국 퓨어세인트는 흑장미여왕을 소모할 수 있을 정도의 거리를 얻는 것에 성공했습니다. 하지만 혼돈의 근원을 취하는 것 자체는 실패했어요. 흑장미여왕에게 혼돈의 근원을 접촉시키고, 최초로 폭주가 일어날 좌표를 계산해 마룡왕과 다른 신격들을 모아 놨지만…… 폭주가 너무 강했죠. 결국 퓨어세인트는 혼돈의 근원을 다스리지 못하고, 그마저도 잃어버렸습니다."

"잃어버렸다고?"

"예. 어디에 있는지는 정말 모릅니다. 저와 퓨어세인트가 무던히도 찾아 헤맸지만, 아직도 혼돈의 근원이 어디에 있는지는 파악하지 못했어요."

하이로드가 고개를 저으며 말했다.

"오라클이라고 해도 무조건 미래를 정확히 점지하는 것은 아닙니다. 오라클은 어디까지나 상황과 인과에 근거해 일어날 법한 미래를 알려주는 것입니다. 하지만…… 그때의 일은, 오라클로 엿본 미래와 너무 크게 벗어났습니다. 변수가 그만큼 컸기 때문이겠죠. 결과적으로 퓨어세인트는 혼돈의 근원을 잃었고, 저는 기회를 보던 위치엔드의 습격을 받아 오라클을 빼앗겼습니다."

그렇게 빼앗긴 오라클은 아직도 회수하지 못했다.

"왜 퓨어세인트와 협력하고 있는 거지?"

백현은 눈을 찡그리며 물었다.

"결국 혼돈의 근원을 취할 수 있는 건 한 명뿐 아니야?"

"그걸 묻기 전에, 제가 뭘 원하는지를 먼저 묻는 것이 순서 아닐까요?"

하이로드가 웃으며 말을 받았다.

"뭔가 오해하고 계시는 것 같은데, 저는 혼돈의 근원에 욕심이 없습니다. 정 가지라고 주면 못 받을 것도 없지만, 제가 나서서 혼돈의 근원을 가지겠다고 설치고 싶지는 않아요. 당신은 모르겠지만, 저는 어비스에 처음 왔을 때부터 항상 이렇게 말했습니다."

"뭘?"

"저는 단지 관측자일 뿐이라고요. 재미있지 않습니까? 심연의 왕좌가 회귀하고, 혼돈의 근원만이 어비스에 남았지요. 그리고 많은 신격이 혼돈의 근원을 취하고자 어비스에 들어왔어요. 관측자의 입장에서 이만큼 관측하기 즐거운 상황이 어디 있을까요?"

처음부터 그랬다. 하이로드는 자신이 직접 혼돈의 근원을 취하고자 하지 않았다. 그는 언제나 관측자의 입장에서 전개되는 상황을 보고자 했을 뿐이다.

"왜 퓨어세인트와 협력했느냐고요? 간단합니다. 그녀가 저에게 도와달라고 말했거든요."

"……그래서 퓨어세인트와 협력한다고?"

"아, 그래도 먼저 손을 내민 것은 제가 아니었습니다. 다른 신격들은…… 관측자라 말하는 절 믿지 않았어요. 하지만 퓨어세인트는 아니었습니다. 사실 지금 와서는 잘 모르겠군요. 그 당시의 퓨어세인트는 절 믿기보다는, 단순히 '패'를 이뤄 협력해 줄 일시적인 동료를 바랐던 것일지도 모릅니다. 그건 퓨어세인트의 장기 중 하나죠. 흑장미여왕을 함락시켰던 것처럼 말입니다."

하이로드는 즐거운 표정을 지으며 말했지만, 백현은 그 이야기를 그리 즐겁게 들을 수 없었다. 흑장미여왕이 죽어가는 모습을 보았기 때문이었다.

"퓨어세인트는 저를 찾아와 자신을 도와달라고 말했습니다. 절 믿는다고 말하면서요. 정말로 관측이 목적이라면, '결과'를 보고 싶지 않으냐고. 물론 제가 바라는 것은 신격의 전장이 된 어비스와, 일련의 사건들을 통해 대체 어떤 결과가 만들어지느냐였습니다."

"그래서?"

"전 물었습니다. 당신은 '결과'를 이끌어낼 수 있느냐고요. 그녀는 그때 이미 혼돈의 근원을 찾아낸 후였어요. 그녀가 제 눈앞에 그것을 직접 보여준 순간, 저는 그녀야말로 제가 보고 싶어 하는 결과에 도달하기에 충분한 존재라고 판단했습니다."

하이로드가 어깨를 으쓱거렸다.

"그 이후로 저는 퓨어세인트의 조력자로서 꽤 많은 도움을 주었습니다. 사실 관측자로서 이렇게 간섭하고 싶지는 않았습니다만…… 어쩔 수 없었죠. 만약 제게 저런 식으로 접근한 것이 퓨어세인트가 아니었다고 해도, 그 누군가가 '결과'를 이끌어낼 만한 충분한 조건을 갖추었다면. 저는 망설이지 않고 조력자가 되어주었을 겁니다."

"퓨어세인트가 어비스에 온 이유가 뭐야?"

"모릅니다. 거짓말은 아닙니다. 저도 몇 번인가 물어보았지만, 퓨어세인트는 그에 대해서는 대답해 주지 않았어요. 사실 제게 그것은 그리 중요한 일이 아니었죠. 그녀가 어떤 비원을 이루든, 그 비원을 이루기 위해서는 어비스와 혼돈의 근원에 대한 것을 마무리 지어야 합니다."

백현은 하이로드를 대체 어떻게 구분해야 할지 알 수가 없었다.

그는 분명히 퓨어세인트의 조력자였다. 혼돈이 폭주하고 어비스와 헌터의 시대가 열린 후로도, 하이로드는 쭉 퓨어세인트의 조력자가 되어주었다.

퓨어세인트가 세상 전역에서 종교로 받들어지는 것이나, 드레이브가 흑장미여왕의 헌터를 사냥할 수 있었던 것도 하이로드의 적극적인 조력이 있었기 때문이었다.

"당신은 관측만으로 만족하는 건가?"

"물론입니다."

하이로드가 즉시 대답했다.

"누구나 추구하는 가치는 다른 법이죠. 당신은…… 가장 오래되고 위대한 존재들을 알고 있습니까?"

역천자가 언급했던, 살령을 만들었다는 존재들.

아진도 그들에 대해 말했었다. 절대성에조차 무료함을 느끼고 저 너머의 세계로 물러가, 모든 것을 내려다보고 있는 존재들.

"물론 제 격은 아직 비천하여, 그들처럼 될 수는 없습니다. 하지만 제가 속한 '현재'만은 관측할 수 있어요. 그건 꽤나 즐거운 유희랍니다. 어비스에서 일어나는 사건들은 전 차원에서도 드문 거대한 이벤트입니다. 제가 살아온 평생이나 앞으로 살아갈 평생에서 이만큼 즐겁고 커다란 이벤트를 관측할 수는 없을 겁니다."

"하지만 당신은 자기 목숨은 챙기고 싶은가 봐?"

"물론입니다."

하이로드가 고개를 끄덕거렸다.

"욕망도 있는 모양이고."

"결과를 보고 싶다는 것이 욕망이라 할 수 있다면 말이죠."

"그것으로 끝내고 싶지 않은 거잖아. 그 너머까지 보고 싶은 거지?"

"당연히 그럴 수밖에요. 저는 그만큼 초연하지는 못하거든요."

"당신은 퓨어세인트를 통제할 자신이 있어서 그녀의 조력자가 된 것 아닌가?"

"그건……. 흠, 글쎄요. 그 건에 대해서는 침묵하도록 하죠."

하이로드가 빙긋 웃으며 대답했다. 백현은 그 대답에 피식 웃었다.

그 말대로다. 하이로드의 목적은 관측만이 아니다. 그는 자신이 '살아남는' 결과를 원한다.

그가 혼돈의 근원에 욕심이 없다는 것은 진실일 터이나, 그는 살아남아 결과를 관측하고, 머나먼 미래까지 살아남아 보다 많은 것을 관측하기를 바라고 있다.

마룡왕에 대한 태도가 그랬다.

마룡왕은 하이로드의 통제 범위를 넘어서는 존재였고, 그렇기에 경계하고 있다.

하이로드 본인도 말하지 않았는가. 어비스에서 일어나는 일들은 전 차원에서도 드문 '이벤트'고, 그것을 관측하는 것은 즐거운 '유희'라고.

"지금 퓨어세인트와 당신은 뭘 하고 있지?"

"그것도 침묵하겠습니다."

과거에 일어난 일들은 알려주었다. 하지만 현재와 미래의 일은 말하지 않는다. 그것을 말하는 순간 백현이라는 간섭을 얻게 되기 때문이다.

'넌 관측자가 아니야.'

백현은 터지는 비웃음을 참았다. 통제 가능한 범위 내에서만 사건을 관측하고, 자신의 통제를 벗어나지 않도록 간섭하는 놈이 뭔 놈의 관측자란 말인가?

물론 아직은 하이로드의 입장을 확신할 수 없다.

그렇다면 흔들어보자.

"퓨어세인트는 마신의 씨앗으로 뭘 하려는 거지?"

백현은 하이로드의 반응에 집중하며 물었다.

"……예?"

하이로드의 심장이 빠르게 뛰기 시작했다.

'모르고 있어.'

백현은 하이로드의 반응을 통해 확신했다. 저 어쭙잖은 관측자는 퓨어세인트가 마신의 씨앗을 가지고 있다는 것을 모르고 있다.

하이로드가 표정을 가다듬는다.

그는 방금 전에 보인 태도가 너무 안일했음을 후회했다. 이 대화는 사이좋게 정보를 교환하는 것이 목적이 아니다. 알려 줘도 될 정보와 알려줘서는 안 될 정보는 구분해야 한다.

너무 쉽게 속을 드러내 버렸다. 하지만 그럴 수밖에 없었다.

'마신의 씨앗?'

하이로드는 가다듬은 표정으로 백현을 보았다. 바로잡으려 했지만, 동요는 쉽사리 진정되지 않았다.

그만큼 퓨어세인트가 마신의 씨앗을 가지고 있다는 것은 충격적인 일이었다.

모르는 일이었다. 그래서는 안 될 일이기도 했다.

"떠보는 겁니까?"

"마음대로 생각하셔."

백현은 피식 웃으며 대답했다.

바뀐 태도, 방금의 질문. 그 모든 것이 하이로드가 마신의 씨앗에 대해 모르고 있다는 것을 증명하고 있었다. 그렇다면 입장은 반전될 수밖에 없다.

간절한 것은 백현이 아닌 하이로드가 되었다. 백현 역시 '현재'의 퓨어세인트에 대해 정보가 목마른 것은 사실이지만, 하이로드만큼은 아니다. 특히나 마신의 씨앗에 관한 것은 하이로드를 동요하게 만들기 충분한 이야기다.

"당신이 저에게 거짓말을 할 이유는 없죠. 하물며 마신의 씨앗이라는 생소한 이야기까지 해가면서 말입니다."

하이로드가 목소리를 가다듬는다.

그는 백현이 자신의 동요를 눈치채고 있음을 알았고, 입장이 반전되었다는 것도 알았다. 하지만 나쁠 것은 없었다.

"하지만…… 마냥 믿기는 힘든 이야기군요. 근거가 부족하다는 말입니다. 당신은 어떻게 그것을 알게 된 겁니까?"

"줄을 바꿔 잡을 생각은 없어?"

백현은 대답 대신에 그것을 물었다. 사실 그것은 질문이라기보다는 권유였다. 그것도 아주 예리한.

"예?"

"당신은 관측자 '놀이'를 하고 싶은 거잖아. 혼돈의 근원에 욕심이 없다…… 그게 거짓말이라고는 생각하지 않아. 난 당신을 철저한 보신주의자라고 생각하거든. 그 위험하기 짝이 없는 힘을 노력까지 해가면서 손에 넣고 싶지는 않겠지. 안 그래?"

"부정하지는 않겠습니다."

"당신이 퓨어세인트에게 협력하는 이유는, 그녀를 통제할 수 있다는 자신이 있기 때문이지. 역린을 알고 있는 건가?"

"그에 관해서 말하지 않겠다고 했을 텐데요."

고민의 여지가 없었다. 하지만 저리 말한다는 것은, 하이로 드가 퓨어세인트에 관해 어떠한 '패'를 가지고 있음을 증명하 는 꼴이다. 하이로드는 그에 대해 숨기려 하지 않는다.

"하지만 퓨어세인트가 마신의 씨앗을 정말로 가지고 있다 면, 당신의 입장은 바뀔 수밖에 없잖아. 안 그래? 만약 그렇다 면, 당신은 여전히 퓨어세인트를 통제할 수 있을까? 그걸 떠나 서, 상황 자체가 당신이 통제할 수 있는, 아니, 감당할 수 있는 상황이 아니게 될 텐데?"

백현은 거기까지 말하고 하이로드의 대답을 기다렸다.

잠시 눈을 깜박거리던 하이로드가 큭큭거리며 웃었다.

"그렇죠. 퓨어세인트가 마신의 씨앗을 가지고 있는 것이 확 실하다면 말입니다."

하이로드가 턱을 어루만진다.

"줄을 바꿔 잡을 생각이 없느냐는 말. 정확히 무슨 뜻입니까?"

"꼭 퓨어세인트를 고집할 필요는 없잖아. 퓨어세인트가 당 신이 바라지 않는 결과에 도달할지도 모르는 판국에 말이야."

"당신의 말이 사실일 때의 이야기 아닙니까?"

"아직까지 의심해?"

"심증은 어디까지나 심증일 뿐이니까요. 내가 원하는 것은 의심의 여지 없는 사실입니다."

"그래? 그럼 어쩌나, 나도 심증뿐인데. 퓨어세인트에게 확인을 듣지는 않았거든."

"그렇다면⋯⋯."

"하지만 그녀가 마신과 연관이 있다는 것은 심증이 아니지. 직접 들었거든."

백현은 약 올리듯 이죽거렸다.

하이로드는 이 줄다리기에서 자신이 결코 주도권을 잡을 수 없음을 깨달았다. 그는 어깨를 으쓱거리며 말했다.

"⋯⋯줄을 갈아탈 용의는 있습니다. 그래야 하는 상황이라면 말이죠. 그런데, 당신은 대체 어떤 줄을 잡으라고 말하고 있는 겁니까?"

"나."

말고 누가 있겠어? 백현이 웃으며 덧붙였다.

"내가 당신이 통제를 받아들이지는 않을 테지만, 적어도 마신과 손을 잡은 퓨어세인트와 붙어먹는 것보다는 나을걸?"

"⋯⋯대화의 진전이 없습니다. 서로가 너무 패를 아끼고 있군요."

하이로드가 긴 한숨을 내쉬었다.

"좋아요. 이렇게 하죠. 퓨어세인트가 뭘 하고 있느냐고 물으셨죠? 말하겠습니다. 그러니까⋯⋯."

"먼저 말씀하세요."

백현은 하이로드의 말을 뚝 끊었다. 하이로드의 입꼬리가 살짝 경직된다.

그는 백현을 빤히 보다가 고개를 끄덕거렸다.

"팔로워에 대해서는 당신도 알고 계실 겁니다."

"알다마다. 당신이 나를 칼잡이로 썼잖아."

"칼잡이…… 칼잡이라. 부정하지는 않겠습니다. 그때의 나는 팔로워가 과연 어떤 존재들인지 제대로 파악하지 못하고 있었고, 관리국을 거쳐 당신에게 팔로워 토벌을 부탁했습니다."

딱히 화날 일도 아니다. 관리국의 수뇌는 하이로드에게 장악되어 있다. 그런 것치고 하이로드는 관리국을 써서 백현을 크게 압박한 적이 없었다.

"나와 퓨어세인트는 계시자 중 체프의 도주 경로를 파악했고, 그가 자신의 추종자들과 함께 무인도에 숨었다는 것을 알아냈습니다. 그 뒤에 드레이브와 해리를 보내 그들을 '확보'했죠."

"그래서?"

"퓨어세인트는 그들이 어떠한 존재인지 파악했습니다. 그들이 맺은 계약은 신격이 헌터에게 부여하는 것과 다를 것 없는 권능을 부여하지만, 정작 계약의 주체라 할 수 없는 신격이 부재되었음을 파악했죠."

그건 백현도 알고 있는 사실이다. 하지만 백현이 아는 것은 딱 거기까지였다.

"퓨어세인트는 그것이 오래된 사법(邪法)이라는 것을 간파했죠. 아마 역천자."

이어지는 말에 백현은 귀를 열었다. 하이로드가 백현이 모르는 것을 알려준다면, 충분히 들을 가치가 있는 이야기였다.

"계약의 주체가 역천자는 아닐 것 같지만, 사법의 목적은 사악한 신앙을 통해 악신(惡神)을 만드는 것이라 했습니다. 그들이 벌이는 악행(惡行), 그로 인한 공포. 그 모든 것이 허구(虛構)의 신앙이 되고, 충분히 무르익었을 때 존재하지 않은 신격이 존재하게 되는 겁니다."

"······그게 대체 무슨 말이야?"

"팔로워가 섬기는 신격은 존재하지 않습니다. 하지만 그들이 강력한 믿음을 보내고, 그들의 악행이 커다래질수록. 그로 인해 존재하지 않았던 신격이 새로이 탄생한다는 말입니다."

하이로드가 차분한 목소리로 설명해 주었다. 백현은 입을 반쯤 벌리고 그 이야기를 들었다.

"물론 성공 가능성이 희박하긴 합니다. 퓨어세인트는 이 사법이 '절대로' 성공하지 못한다고 자신하더군요. 너무 적다면서 말이죠. 팔로워의 수는 그 수가 겨우 수백 정도고, 고작 그정도의 거짓 신앙으로는 악신을 탄생시킬 수 없다고 했어요."

"그래서?"

"퓨어세인트는 그들의 영혼을 구속했습니다. 그리고 그들이 맺고 있는 계약을 침범했죠. 그 결과 체프와 추종자들은 인간이라고도 할 수 없는 추악한 형태로 영락해 버렸습니다만, 아직 살아는 있습니다."

"계약을 침범했다는 건 무슨 소리야?"

"여러 의미가 있죠. 쉽게 말해서, 그들은 퓨어세인트의 맹목적인 신자(信者)가 된 겁니다. 사법으로 이뤄진 팔로워의 신앙 일부가 퓨어세인트에게도 지속적으로 흘러가게 되었어요."

'그게 가능한 일인가?'

어이가 없는 말이었다. 계약에 정통한 흑마법사인 악몽의 결정자조차도 그런 일은 불가능하다고 못을 박았다.

불신 가득한 백현의 표정을 보며 하이로드는 큭큭 웃었다.

"퓨어세인트는 역천자의 주술이나 다른 신격의 마법과는 전혀 다른 사법 군주입니다. 저조차도 그녀의 사법의 끝이 대체 어디인지 짐작하지 못하고 있습니다."

"그런데도 통제할 수 있다는 자신이 있었단 말이지?"

"당신은 큰 오해를 하고 계십니다. 저는 퓨어세인트를 통제할 수 없습니다. 다만, 그녀를 위협할 수 있는 방법을 알고 있을 뿐이죠."

"그게 뭔데?"

"마신의 씨앗에 대해서 먼저 말해주시죠."

하이로드가 고개를 저으며 말했다.

백현은 잠시 하이로드를 뚫어져라 보다가, 퓨어세인트가 마신과 무도의 마왕에게 언질을 주었던 것에 대해 말해주었다.

그 말에 하이로드는 반응 없이 침묵을 이어갔다.

"곤란하군요."

침묵이 끝났다. 하이로드는 작은 목소리로 중얼거리며 고개를 갸웃거렸다.

"씨앗에 관한 것은 심증뿐. 그렇다지만…… 퓨어세인트가 마신과 연관되어 있다는 것은 틀림없군요."

하이로드로서는 곤란할 수밖에 없었다.

마신이 연관되어 있다면 어비스에서의 결과는 그의 관측 범주를 아득하게 뛰어넘는다.

절대신격 중에서도 오래된 마신의 힘도 문제지만, 마신이 데리고 있는 수많은 마왕. 그건 어비스의 신격이 결코 감당할 수 없는 일이다.

"당신은 제가 퓨어세인트를 배신하고, 당신의 조력자가 되기를 바라는 겁니까."

"그럼 좋지."

"멋진 제안이지만 받아들일 수는 없겠군요. 당신은 퓨어세인트를 이길 수 없습니다."

하이로드가 고개를 저으며 말했다.

"당신의 힘이 인간을 아득히 뛰어넘었다는 것. 마왕의 인장을 통해 신격을 대행받고, 그를 떠나서도 당신의 힘은 이미 신

격에 비견해 손색이 없습니다. 하지만…… 당신이라는 줄을
바꿔 잡기에는 메리트가 너무 부족하군요."

"그럼 계속 퓨어세인트에게 붙어 있으시겠다?"

"제안을 보류하려는 겁니다. 저로서도 확인은 필요하지 않
겠습니까?"

하이로드는 그렇게 말하면서 몸을 일으켰다.

"무턱대고 잡은 줄을 바꾸기에는 정보가 너무 부족하군요.
당신에 대한 확신도 없고. 아, 그래도…… 이것만은 알아주십
시오. 나는 단 한 번도, 당신을 적대한 적이 없습니다."

하이로드가 한쪽 눈을 찡긋거리며 말했다. 소년인 해리의
모습을 취하고 있다지만 나이다운 풋풋함은 전혀 없었다.

"한 번도 적대한 적 없기는 무슨."

"진 웨이가 도망친 것은 너무 마음에 두지 말아주십시오. 저
는 진 웨이에게 도망치라고 명령하지는 않았습니다."

하이로드는 그렇게 말하며 주변을 둘러보았다.

"어디로 나가면 됩니까?"

"난 아직 보내준다고 말 안 했는데?"

"아뇨, 당신은 저를 보내줄 겁니다."

하이로드가 확신에 찬 목소리로 말했다.

"절 보내지 않는다고 해서 당신이 얻을 이득이 전혀 없으니
까요. 제 사도를 없애는 것? 당신도 알고 있잖습니까. 그게 큰

의미가 없다는 것 말입니다."

부정할 수 없는 말이었다.

하이로드는 진 웨이와 해리, 두 명의 사도를 두었다. 비록 진 웨이가 진짜 사도가 아니라 예비 사도였다고 해도. 저렇게 복수의 사도를 운용하는 신격은 하이로드가 처음이었다.

그런 하이로드에게 사도의 목줄을 잡고 하는 협박은 큰 의미가 없다.

"간만 보고 돌아가려 하는 것이 마음에 안 들어. 퓨어세인트에게 떠들어대면 어떡해?"

"제가 그러지 않을 거라는 건 당신도 알고 계시잖습니까? 오히려 저는 이 일, 당신과의 만남에 대해 철저하게 퓨어세인트에게 함구할 수밖에 없는 입장입니다. 애당초 해리가 베이징에 온 것부터가 퓨어세인트는 모르는 일이에요."

하이로드는 그렇게 말하면서 손을 들어 복도를 가리켰다.

"저쪽으로 나가면 됩니까?"

"내 속을 뻔히 알고 있단 듯이 구는 것도 참 마음에 안 드네."

"이거 참."

하이로드는 피식 웃으며 말했다.

"언명(言名)."

"뭐?"

"제가 파악하고 있는 퓨어세인트의 역린입니다. 퓨어세인트라는 '신명'은 진짜가 아닐 겁니다. 그녀의 진명까지는 저도 모르지만, 언명이 그 알 수 없는 사법 군주의 역린임은 틀림없습니다."

"언명, 언명이라……."

백현은 그 단어를 뇌까렸다.

들은 적은 있었지만, 지나가는 식으로밖에 듣지 못했다. 오히려 언명이라는 말보다는 퓨어세인트의 신명이 진짜가 아니라는 것이 더 신경 쓰인다.

"여기까지입니다. 더 붙잡으신다면……."

"……저쪽으로 가면 돼."

백현은 뚱한 목소리로 대답했다. 더 캐봤자 하이로드는 바라는 대로 해주지 않을 것이다.

하이로드는 빙긋 웃으며 고개를 끄덕거렸다.

"참 신기한 일입니다."

하이로드가 백현을 지나치며 말했다.

"진 웨이를 통해 당신과 접촉했을 때만 해도, 당신은 참 알기 쉬운 사람이었습니다. 욕구와 전투에 굶주리고, 그것을 위해서라면 실리는커녕 자신의 목숨마저 내버리려 했죠. 하지만 지금은 아니군요."

"2년이나 지났으면 변할 만도 하지."

백현의 대답에 하이로드가 피식 웃었다.

"그게 두려운 점이죠. 그런 것들은 어지간해서는 변하지 않으니까요. 줄을 바꿔 잡으라는 말, 기억하고 있겠습니다."

하이로드의 말은 그 말이 마지막이었다. 복도에서 헉 하는 소리가 들렸다. 하이로드의 의식이 떠난 것에 해리가 놀란 소리를 낸 것이다.

백현은 그쪽을 보지 않으며 손을 휙 휘둘렀다.

"악!"

뒤통수를 얻어맞은 해리가 비명을 질렀다. 그 직후로 후다닥, 도망치는 발걸음 소리가 들렸다.

백현은 해리가 천공성을 나가는 것을 확인하고서 몸을 일으켰다.

'아직도 울고 있지는 않겠지?'

훌쩍거리던 라이 룽의 얼굴이 떠올랐다.

5장
독

폐허였다.

원래도 그리 많은 것이 있을 것 같지는 않았지만, 지금은 그마저도 완전히 파괴되어 있었다.

백현은 거대한 힘이 휩쓸고 지나간 땅을 내려 보았다. 깊게 파인 땅은 아직도 뜨거운 열기가 올라오고 있었다.

그런 자국이 몇 개나 되었다. 직접 보지는 않았지만, 마룡왕이 기염을 내뿜는 광경은 어렴풋이 상상할 수 있었다.

'죽을 뻔했으니까.'

도톰한 입술을 오므려 뱉던 기염의 위력은 끔찍했다.

백현은 몸서리를 치며 걸음을 옮겼다.

라이 룽에게 이야기는 들었다.

용성군의 추악함과 용옥과, 마룡왕. 그녀는 외차원에 있는 신비경에 강제로 쳐들어가기 위해 공격을 감행했지만, 아무래도 실패한 것 같았다.

만약 마룡왕이 정말로 신비경에 쳐들어가는 것에 성공했다면 용성군이 무사했을 리가 없다. 용성군이 신격이 아니기 때문이다. 성지의 이점을 갖지 못하는 이상, 용성군이 마룡왕과 맞닥뜨려 승리하는 것은 불가능하다.

하물며 지금의 마룡왕은 검무희의 심안까지 가지고 있다.

"어떻게 된 거야?"

백현은 투덜거리면서 다시 주변을 둘러보았다.

본래 어비스의 지형은 파괴되었다 할지라도 시간이 지나면 복원된다. 하지만 이곳의 지형은 여전히 파괴의 흔적들이 깊이 새겨져 있었다. 그만큼 마룡왕의 공격들이 강력했음이라.

이만큼 강경하게 신비경에 쳐들어가려 했던 마룡왕이, '왜' 물러섰던 것인지 이유를 알 수가 없었다.

그래. 물러섰던 것이 틀림없다. 용성군이 신비경 내에서 마룡왕에게 저항했다지만, 용성군의 힘으로 마룡왕을 후퇴시킬 수는 없었을 것이다.

백현은 조금 더 흔적을 살펴보다가 포기했다. '눈'으로 보는 것으로는 처참한 파괴의 흔적만으로는 이곳에서 대체 어떤 일이 있었는지 명확히 알 수가 없었다.

그러니 심안을 떴다.

가득 차 요동치는 혼돈의 흐름 중, 이질적인 흐름을 본다. 외차원과 연결된 문. 신비경으로 통하는 문이었다. '문'은 보는 것만으로도 알 수 있을 만큼 불안정해 보였다.

백현은 잠시 그것을 응시했다. 혹시 용성군이 권속을 강림시키지 않을까 기대했는데, 그런 일은 일어나지 않았다.

아마 용성군은 백현이 여기 와 있다는 것을 알고 있을 것이다. 아직 그는 라이 롱과 연결되어 있었다.

"참 이성적이셔."

백현은 들으란 듯이 이죽거렸다.

권속을 강림시킬 수도 있겠지만, 하지 않는다. 결과가 너무 뻔하기 때문이다. 용성군 휘하 사신수 전원이 강림하더라도 백현의 적은 아니다. 권속을 개죽음으로 몰아가고 싶지 않은 모양이지.

"난 마룡왕을 만나러 갈 거야."

백현은 일렁거리는 문을 바라보며 말했다.

"그녀를 만나서, 라이 롱에게 들은 이야기들을 전해주려고. 네가 마음에 들지는 않는데, 남의 집안 문제에 내가 직접 끼어드는 것도 꼴이 우습잖아. 안 그래?"

문의 흐름이 거세진다. 용성군이 듣고 있는 것이 분명했다. 백현은 낄낄 웃었다.

"네가 룽을 강압적으로 어떻게 하지 못한다는 이야기는 들었어. 그래도 마음이 읽힌다는 것은 기분 나쁘잖아, 안 그래?"

그러한 연결을 끊지는 못해도 차단할 수 있는 방법은 있다.

"마침 내가 친한 신격들이 조금 있거든. 일단 마룡왕을 만나고 나서, 그 신격을 만나러 갈 거야."

[한쪽 말만 듣고 따르는 것은 불공정하지 않은가?]

기다렸던 목소리가 들려왔다. 낮게 가라앉은 목소리였다.

"불공정? 나는 널 몰라, 하지만 룽은 알지. 모르는 쪽의 이야기보다 아는 쪽의 이야기에 귀를 기울이는 것이 당연하잖아."

[네가 그 아이에게 목숨을 구명받았던 것은 내 지시였다.]

"그래서 뭐 어쩌라는 거야? 그걸 감안해서 좀 챙겨달라는 말인가?"

[서로 대화하고 이해할 만한 입장이라는 것이지.]

"아니, 안 그럴래. 난 룽의 처지가 안쓰러워 도와주고 싶지만, 널 도우고 싶지는 않거든. 말했잖아, 남의 집안 사정에 직접 끼어들고 싶지는 않다고."

[정녕 그런 입장으로 남고 싶다면, 야화에게 괜한 말을 할 필요도 없을 텐데?]

"후달려서 그래?"

[오해를 키우고 싶지 않을 뿐.]

"너와 입씨름하고 싶은 마음은 없어. 방금 전까지 한창 입씨름을 하고 왔거든. 날 막고 싶으면 힘으로 막아봐. 권속을 강림시키든지 해서 말이야."

[막을 수 있다면 진즉에 막으려 했겠지…….]

"맞아. 넌 날 막을 수 없어. 거기 안에 처박혀 있어서는 말이지."

백현은 낄낄 웃으며 이죽거렸다.

그는 더 이상 용성군과 이야기를 나눌 생각이 없었다. 몸을 돌리는 백현을 용성군이 붙잡았다.

[넌 대체 뭘 바라는 거냐. 이것으로 네가 얻는 것이 무엇이지?]

"없어. 하지만 널 × 되게 할 수는 있지 않을까."

[군이 나와 적이 될 필요가 있는가?]

"안 될 필요도 없지? 나는 적이 좀 많아서, 이제 와서 한 명 추가된다고 뭐 달라질 것도 없어. 아, 그래도 이번은 경우가 좀 낫지? 내가 너랑 직접 싸울 필요는 없을 것 아냐? 나 대신에 마룡왕이 널 족쳐줄 테니까."

[혼돈과 불화를 바라는구나…….]

용성군이 탄식처럼 말했다.

백현은 피식 웃으면서 발을 떼었다.

심안이 흔적을 보여주고 있었다. 한눈에 알아볼 수 있는 이질적인 흐름이 어느 방향과 이어져 있었다. 그건 이전에 검무희가 남겼던 흔적과 똑같았다. 흐름은 폐허에서 꽤 먼 곳까지 이어져 있었다.

백현은 조금 마음의 준비를 가졌다. 오랜만의 재회였기 때문이다. 일 년 전, 백현이 죽었을 때. 마룡왕이 직접 찾아와 역천자를 공격했다는 이야기는 들었다.

'고맙다고 해야 하나?'

반갑다고 해야 할까. 아니, 그전에. '왜'냐고 물어봐야 하겠지.

흐름이 이어진 곳은 절벽가에 뻥 뚫린 구멍의 안쪽이었다.

백현은 호흡을 가다듬고 훌쩍 뛰어올랐다. 기척은 일부러 죽이지 않았다. 마룡왕이 눈치챌 수 있게끔.

"생각보다 빠르구려."

깊이 이어진 동굴의 안쪽에서 목소리가 들린다. 그 안으로 들어가던 백현은 일단 걸음을 멈추었다.

"어떻게 알았어?'

"무엇을 말이오?"

"내가 살아 있다는 것."

백현은 느끼고 있던 의문에 대해 물어보았다. 그 말에 마룡왕이 큭큭 웃는다.

"들어오시오."

대답보다는 오라고 재촉한다. 백현은 고개를 끄덕거리며 다시 안으로 걸어 들어갔다.

동굴의 안에서는 조금의 피 냄새와 그와 다른 비린내가 났다. 그 냄새를 맡는 코가 움찔거린다.

낯설지 않은 비린내였다. 파천을 써서 마룡왕을 '죽일 뻔' 했을 때. 이런 냄새가 났었다.

'부상?'

마룡왕이 부상을 입었다는 것에 백현은 적잖게 당황할 수밖에 없었다. 자연히 걸음은 빨라졌다.

깊이 파인 굴의 안쪽을 일렁거리는 불빛이 비치고 있었다. 불빛과 함께 흔들리는 그림자가 보인다.

피 냄새와 비린내가 더 강하게 난다. 그것을 신경 쓴 것인지, 그림자가 몸을 뒤척였다.

"그리 좋은 냄새는 아니잖소? 너무 맡으려 들지 마시오."

"일부러 맡는 건 아니야."

"간혹 맡기 역한 악취에 발정하는 자들도 있다던데, 혹 그대도 그런 것이오?"

마룡왕이 킬킬 웃으며 묻는다. 농담을 하는 것을 보니 부상은 그리 심각한 것 같지는 않았다.

백현은 헛기침을 하며 고개를 저었다.

"아냐."

"정말로?"

"그런 취향은 없어."

"얼굴이 붉은데?"

"갑자기 그런 이야기를 들으면…… 아니, 그게 아니라. 불빛 때문에 그런 거야."

"그런 반응도 할 줄 아는구려. 의외로 경험이 없는가?"

"왜, 없으면 안 돼?"

되려 쏘아붙이니 마룡왕이 큰 소리로 웃었다.

"안 될 것은 없지. 그런 것은 꽤 귀엽다고 생각하오."

"꼭 자기는 경험이 많은 것처럼 말하네."

"그리 들렸소? 아쉽게도 으스댈 만한 경험은 없다오. 본녀의 삶은 생존과 복수의 연속이었으니 그럴 겨를도 없었지."

그림자가 뒤척거린다.

더 이상 그림자를 볼 필요는 없었다. 걸을 필요도 없었다.

백현은 멈춰서 앞을 보았다. 동굴의 끝에 마룡왕이 앉아 있었다. 자그마한 불빛이 주변에 떠올라 어둠을 비춘다.

마룡왕은 조금 피곤해 보였고, 불빛에 비치는 안색은 그로도 숨길 수 없을 만큼 창백했다.

처음 보았을 때와 똑같이, 그녀는 알몸이었다. 몸보다 훨씬 큰 망토가 그녀의 몸을 감싸고 있었다.

깊이 파인 옆구리의 상처. 주변의 비늘들이 젤리처럼 흐물거리고 있었다. 피는 흐르지 않았고 내장이나 뼈가 보일 정도는 아니었지만, 비늘이 저렇게 된 것은 어떠한 공격의 후유증이 분명해 보였다.

"너무 보지 마시오."

마룡왕이 피식 웃으며 말했다. 그녀는 흐트러진 망토를 끌어다가 몸을 덮었다.

달그락거리는 소리가 났다. 망토의 아래에 놓인 칼자루가 보인다.

"검무희?"

"지금은 본녀와 함께 있지. 돌려받고 싶소?"

"물건도 아니잖아."

"그렇지. 그대가 돌려달라고 말했다면 실망할 뻔했소."

마룡왕은 빙그레 웃었다.

칼자루가 가볍게 진동했다. 목소리는 들리지 않았지만, 인사를 해오는 것 같았다.

"그대가 살아 있음을 어찌 알았느냐고 물었지. 이것 덕분이오."

망토 아래에 있던 손이 들렸다. 그녀의 손에는 자그마한 단추가 쥐어져 있었다.

낯설지 않아 어디서 봤나 했더니, 악몽의 결정자가 의체로 삼은 봉제 인형의 옷에 달려 있던 단추였다.

"일회성이기는 하지만 제 역할은 해주었소."

"악몽의 결정자에게 들은 거야?"

"그대가 죽었을 때, 본녀는 그 장소에서 악몽의 결정자와 검무희를 만났소. 그 우스꽝스러운 인형을 보내주는 대가로, 만약 그대가 돌아왔을 때 그에 대한 연락을 받기로 했었지."

파각.

마룡왕의 손이 단추를 부수었다.

"본녀가 남긴 흔적을 쫓아왔겠지?"

"맞아."

"이렇게 빨리 올 것이란 생각은 하지 못했소."

"내가 그 장소에 올 줄 알았나 봐?"

"그대와 용성군의 사도가 친밀한 관계라는 것은 본녀도 알고 있으니 말이오. 다급하다면 용성군이 사도를 통해 그대에게 도움을 청할지 모른다고 생각했소."

"내가 용성군을 도와 너랑 싸웠을 거라고 생각해?"

"그럴 수도 있겠다고 생각은 했소. 당장 그대는 일 년 전에 용성군의 사도를 구하기 위해 본녀와 싸웠잖소?"

마룡왕이 피식 웃는다.

"물론, 그대가 정말로…… 이번에도. 용성군의 사도를 위해 본녀와 대적하는 것을 택했더라면, 본녀는 제법 쓸쓸함을 느꼈을 테지만 말이오."

"너랑 싸우기 위해 온 것은 아니야. 용성군의 편을 들 생각도 없고."

"용성군의 편을 들 생각은 없다…… 그렇다면, 그 사도의 편을 들 생각은 있다는 것이오?"

"너랑 척지는 일은 없을걸."

백현의 대답에 마룡왕은 조용히 눈을 깜빡거렸다.

용성군의 편은 아니다. 하지만 사도의 편이고, 척질 일은 없다? 마룡왕으로서는 모순으로밖에 느껴지지 않는 말이었다.

"몸은 왜 그래?"

백현은 조심스레 물었다. 당연히 해야 할 질문이었지만, 괜히 마룡왕의 자존심을 해치고 싶지는 않았다.

"방심했다고 하면 비웃을 것이오?"

"다른 사람이라면 몰라도 당신이?"

"본녀도 철저하지는 않소. 그대에게도 한번 죽을 뻔했으니."

망토가 살짝 들린다. 백옥처럼 흰 피부가 보였다.

봉긋 솟은 가슴의 바로 아래, 젤리처럼 흐물거리는 비늘. 마룡왕은 킥킥 웃으며 그것을 손가락으로 어루만졌다.

"제법 날카로운 비수였다오."

"어떻게 된 거야?"

"신비경의 문을 돌파하기 위해 공격을 퍼붓던 중이었지. 힘이 너무 강했던 것이 탓이랄까, 아니면 드디어 빌어먹을 오라비의 낯짝을 볼 수 있다는 것에 과하게 흥분하였나?"

찌직.

강건하던 비늘이 너무나도 손쉽게 뜯어졌다.

"등잔 밑이 어둡다는 말도 있잖소? 바로 아래에서의 공격에 반응이 늦었소. 은밀하기도 했지. 심안을 가진 본녀의 이목마

저 속였으니 말이오."

변명처럼 말하기는 했지만 사실이었다.

방심은…… 솔직히 거의 하지 않았다. 그 순간의 마룡왕은 그 어느 때보다 집중하고 있었다. 그럼에도 알아차리는 것이 늦었던 것은 그만큼 준비된 기습이었기 때문이다.

"독."

마룡왕이 말했다.

"독이었소. 아주 강력한 독. 급히 비늘을 더했지만, 그 독은 본녀의 비늘을 닿는 순간 녹여 버렸지. 급히 몸을 비틀어 피했기 망정이지, 그러지도 못했다면 몸에 커다란 구멍이 났을 거요. 아주 치명적인 구멍이."

"대체 누가? 용성군인가?"

"아니, 용선군은 아니라고 생각하오. 그에게는 이런 독이 없소. 본녀가 아는 한…… 이렇게 강력한 독을 능숙히 다루는 신격은 하나뿐이오."

독, 이라는 말에. 백현도 짚이는 것이 있었다. 마룡왕과 똑같았다. 백현이 아는 한, 어비스의 신격 중에서 독을 사용하는 존재는 한 명뿐이었다.

'재생의 뱀.'

하지만 왜 그녀가?

"그대도 짐작하고 있소?"

"왜 재생의 뱀이 널 공격한 건지 모르겠어."

"그건 본녀도 마찬가지요. 게다가 그 공격은, 그 순간에 하기로 결정지은 것이 아니었소. 충분히 준비된 기습이었지. 그것이 아니라면 본녀의 감각을 속일 수 없어."

마룡왕이 눈을 찡그렸다.

"그리고 재생의 뱀이 아닐지도 모르오."

"어째서?"

"본녀는 재생의 뱀의 사도를 본 적이 있소. 하나 본녀를 공격한 것은 그 사도가 아니었소. 구멍에서 튀어나온 머리는…… 인간의 것이 아니었지. 썩어 문드러진 뱀."

들어본 적이 있다.

놈은 썩어가는 뱀 사체 같은 모습이었어.

하지만 월드이터는 재생의 뱀 같은 독을 쓸 수 없다고 했는데?

"본녀를 공격한 것은 월드이터였소."

마룡왕은 담담한 목소리로 흉수를 확정 지었다.

"월드이터는 독을 쓰지 못한다고 했는데."

백현의 중얼거림에 마룡왕도 고개를 끄덕거렸다.

"그대도 월드이터에 대해 알고 있나 보구려. 그 말이 맞소. 본녀가 아는 월드이터는 독을 사용하지 못하오. 놈은 비대하고 썩어가는 뱀의 모습을 하고 있고, 독을 내뿜기보다는 그 거대한 아가리로 물어뜯는 것만 재주로 내세우는 놈이었소."

마룡왕이 킬킬 웃었다.

"약해 빠진 놈이었지. 본녀가 죽이고자 했다면 진즉에 죽일 수 있는 놈이었어."

"왜 안 죽였던 거야?"

"약한 놈은 언제고 죽일 수 있기 때문이오. 먼저 치우는 것이 나을 것이 없는 상황이었소. 놈이나, 무령이나, 천존이나, 키마이라……. 하하, 뒈졌어야 할 놈들이 끝내 살아남을 수 있었던 것은, 놈들이 '약했기에' 할 수 있는 역할이 있었기 때문이오."

마룡왕의 웃음이 비웃음으로 바뀌었다.

"놈들은 약했고, 살아남기 위해 교활하게 굴었소. 키가 비슷한 도토리 같은 놈들이었지. 서로를 죽이려 들었고, 다른 신격들은 그들이 상잔할 기회를 노렸소. 조개에 부리를 물린 황새를 잡으려 드는 어부처럼 말이오. 본녀는 제 자신이 어부라 생각하는 멍청이들도 함께 사냥하려 했던 것이고."

잘되지는 않았지만. 마룡왕의 웃음이 자조로 바뀐다.

그녀는 흐물거리는 비늘을 하나하나 떼어내며 말을 이었다.

"뭐 그래도, 치명적이지는 않소. 그 순간에는 물러설 수밖에 없었지만. 본녀의 몸은 아주 튼튼하다오. 비늘을 잃기는 했지만 그야 시간이 지나면 다시 자랄 것이오. 독기가 골수까지 침범한 것도 아니니 정양하면 문제될 것은 없소."

그렇다면 다행이다. 설마 독에 중독되어 골골대지 않을까 걱정했는데…….

백현의 표정을 읽은 것인지 마룡왕이 픗 웃었다.

"본녀가 위독하지 않아 안심했소?"

"아프라고 고사라도 지낼까?"

"아니, 계속 안심하고, 걱정해 주시오. 의외로 나쁜 기분은 아니구려. 모욕이라 생각되지도 않고."

마룡왕은 망토를 다시 덮었다. 그리고 벽에 등을 기대어 백현을 올려보았다.

"월드이터는 독을 다루지 못했지만, 그가 뿜은 것은 분명 독이었소. 그것도 아주 강력한……. 사실 본녀도 이 상황이 잘 이해가 되지 않소. 그만한 독을 다룰 수 있는 것은 재생의 뱀뿐일 텐데, 월드이터가 어떻게 그만한 독을 뿜은 것일까?"

이 은신처로 피신해서도 쭉 생각했다. 하지만 아직 답이라 할 만한 것을 내놓지는 못했다.

"게다가 월드이터는 죽었소. 본녀나 천존, 검무희, 헌드레드처럼 자아를 유지하지 못했지. 자아를 잃은 신격은 시체와 다를 것 없소. 몸뚱이만 남은 신격이 얼마나 약해 빠졌는지는 그대도 알고 있을 것이오."

신격의 힘은 육체의 힘이 전부가 아니다. 자아가 남지 않은 키마이라는 당시의 사라와 드레이브에게 살해될 정도로 보잘것없는 힘을 가지고 있었다.

"그런 월드이터가……. 본녀를 위협할 정도의 공격을 했다고? 있을 수 없는 일이지. 그런 공격은 생전의 월드이터에게도 불가능했소. 본녀가 모르는 무언가가 있는 게요. 그리 현실성은 없지만, 재생의 뱀이 월드이터의 흉내를 내어 본녀를 공격한 것일지도 모르지. 하지만 재생의 뱀이 그럴 이유가 어디 있소? 아니, 그럴 이유가 있다고 하더라도 재생의 뱀은 그런 식으로 본녀를 공격하지 않을 거요. 그녀는 뱀이기는 하지만 간교한 자는 아니었소."

그에 대해서는 백현도 동의했다. 백현이 겪은 재생의 뱀은 저런 모략을 꾸밀 만한 군주가 아니었다.

그리고 이상하다는 생각도 들었다.

정수아와는 이미 만났다. 재생의 뱀이라면, 백현이 돌아온 것에 많은 관심을 보였을 텐데. 정수아는 재생의 뱀에 대해 별 이야기를 하지 않았었다.

"뭐, 자세한 내막을 알 수는 없지. 본녀를 공격한 것이 월드이터인지 다른 무엇인지는 잘 모르겠소. 붙잡으려 하였지만 놓쳐 버렸거든."

마룡왕이 어깨를 으쓱거렸다.

"아무래도 역천자가 본녀를 위해 함정을 팠던 모양이오."

"역천자?"

"역천자라면 그런 일을 꾸밀 만한 모략꾼이지."

홍 하는 코웃음에는 불쾌감과 분노보다는 자부심이 더 강하게 깃들어 있었다.

"일 년 전에 본녀에게 꽤 크게 당하기도 했고 말이오. 또, 역천자는 본녀가 용성군에게 원한을 가지고 있다는 것도 알고 있소. 언젠가 본녀가 용성군을 찾아갈 것임을 알고 있으니, 미리 함성을 준비하는 것도 어려운 일은 아니었겠지."

"어…… 기분 나쁜 일 아니야? 준비된 함정이었다는 거잖아."

"정면으로 싸워 이길 자신이 없으니 함정을 판 것 아니겠소. 약자에게는 약자 나름의 방식이 있는 것이오. 비열하다고는 생각하지만 불쾌하지는 않소. 그런 비열한 수까지 동원했다는 것은 그만큼 본녀가 넘기 힘든 난적이었기 때문이니 말이오."

오히려 마룡왕은 으스대며 말했다. 이해하지 못할 말은 아니었으나 본인 입으로 저런 말을 들으니 그만 웃음이 나왔다.

마룡왕은 키득거리며 웃는 백현을 보며 눈을 찡그렸다.

"무엇이 그리도 우습소?"

"참 대단한 자신감이다 싶어서."

"흠, 불쾌할 법도 한 웃음인데 그리 불쾌하지는 않군."

마룡왕은 그렇게 중얼거리며 고개를 기울였다.

"그래서. 그대가 본녀를 찾아온 것은, 해후를 나누기 위함이 전부인 게요?"

백현은 웃음을 멈추었다.

이걸 어디서부터 말해야 할까? 반드시 들려줘야 할 이야기였지만, 지금의 마룡왕에게 이 이야기를 해주어도 되는 것일까.

백현은 마룡왕을 바라보았다. 망토로 가린 상처는 더 이상 보이지 않는다.

마룡왕은 대단찮은 상처라고 말했지만, 경중을 떠나 그녀가 부상을 입었다는 것은 사실이었다. 게다가 신비경 근처에 아직 역천자의 함정이 도사리고 있을지도 모르는 일 아닌가.

"무엇을 망설이는 것이오?"

백현의 표정이 굳은 것을 보며 마룡왕은 고개를 갸웃거렸다.

"내가 말하면, 네가 날뛸 것 같아서."

"본녀가 날뛸 것 같다고? 왜?"

"그럴 수밖에 없는 이야기거든. 당사자가 아닌 나조차도 피가 거꾸로 솟을 정도니까."

그 말에 마룡왕은 잠시 입을 다물고 눈을 깜빡거리며 백현을 쳐다보았다.

이윽고 그녀는 피식 웃으며 고개를 끄덕거렸다.

"백현."

새삼 생각해 보니, 마룡왕에게 이런 식으로 이름이 불린 것이 참 오랜만이구나 싶었다.

"분노를 표출하는 방법은 다양하오."

마룡왕의 입술이 천천히 열렸다.

"누군가는 당장의 분노를 참지 못하고 날뛸지도 모르지. 하지만, 장담하건대 이 마룡왕은 그렇지 않소. 본녀는…… 분노를 참는 것에 익숙하다오. 참고, 참고, 또 참아서. 한계랄 것도 없소. 본녀의 삶은 그러한 인내의 연속이었으니. 만약 본녀의 분노에 한계란 것이 있고, 그것을 도저히 인내하지 못해 기어코 표출해야 한다면. 그 순간은 본녀의 분노가 오랜 인내의 결실을 맺을 때뿐이오."

마룡왕의 목소리는 차분하게 가라앉아 있었다.

여태까지 매번 그래왔다. 용곡에서 홀로 살아남았을 때도 원수들을 모조리 찢어 죽이고 말겠다는 분노를 느꼈다. 인내했다. 오랜 인고를 지나 기어코 그 분노를 터뜨렸을 때 멸룡전이 일어났고, 수많은 용이 마룡왕에 손에 살해되었다.

라이 룽을 공격했을 때에도 백현이 난입하지 않았더라면 그녀의 분노는 마땅한 결실을 맺었을 것이다.

"그대가 무엇을 이야기할지는 어느 정도 짐작이 되오. 그대는 용성군의 편을 들 생각은 없다지만 그 사도의 편은 들겠다고 하였소. 굳이 그리 구분한 것은, 그대는 결코 용성군을 용납할 수 없었기 때문일 거요."

마룡왕의 입매가 비틀렸다.

백현은 창백한 얼굴 한복판에 새겨진 마룡왕의 웃음을 보며 진한 피비린내와 광기를 느꼈다.

"그대가 할 말은 필시 본녀를 분노케 할 것이오. 하지만 본녀가 분노에 미쳐 날뛸 일은 없소. 준비가 부족하니까. 인내는 익숙하고, 이번의 인내는 결코 지루하고 고되지 않을 거요. 본녀는 기쁘게 분노를 참으며 그 결실을 맺을 때를 기다릴 것이오."

마룡왕이 천천히 손을 뻗었다.

우두둑!

순식간에 변모한 용의 팔이 길게 늘어난다. 마룡왕은 비늘에 뒤덮인 흉포하고 거대한 손끝으로 백현의 뺨을 어루만졌다.

"그러니 말해주시오. 그 말로서 본녀를 기쁘게 해주시오. 그대가 아는 용성군의 추악함을, 동요와 사견 없이 달콤히 속삭여 주시오."

그리 말하는 마룡왕의 목소리는 꿀처럼 달콤했다. 심장을 빠르게 뛰게 할 정도로 고혹적이기도 했다. 그것은 간절하고 뿌리칠 수 없는 유혹이었다.

"용성군은."

동요하지 않았다. 사견을 섞지도 않았다. 백현은 냉정한 머리로 라이 룽에게 들은 이야기를 마룡왕에게 전해주었다.

이야기가 흐르는 동안 마룡왕은 단 한 번도 백현의 목소리를 끊지 않았다. 그녀가 품은 분노에 무더기의 장작을 들이미는 이야기였음에도, 마룡왕은 두 눈을 감고 듣기 좋은 음악을 음미하듯 백현의 이야기를 경청했다.

"하."

길지 않은 이야기였다.

마룡왕은 여전히 눈을 감고 있었다. 입술만을 벌려 짧은 웃음을 토해냈다.

아니, 짧지 않다. 그녀가 뱉은 웃음은 그저 시작일 뿐이었다.

"하하! 아하하하! 하하하하!"

마룡왕은 한참을 그렇게 웃었다. 몸을 덮은 망토 자락을 들썩거리며, 동굴 전체가 뒤흔들릴 정도로 크게.

토하듯 크게 웃던 마룡왕의 웃음이 돌연히 뚝 멈추었다.

"멋진 일이오."

마룡왕은 웃음기 남은 입술을 움직여 중얼거렸다.

그녀는 다른 손으로 자신의 입술을 어루만졌다. 용의 팔은 여전히 앞으로 뻗어, 백현의 뺨에 닿아 있었다.

"용성군이 그토록 추악한 위선자였다는 것. 용성군을 낳은 제천군이, 마룡들을 학살한 용들이! 명계에 가지 못하고 용옥에 묶여 고통받고 있다는 것. 자식의 추악한 악행에 제천군의 마음이 갈기갈기 찢기고 있다는 것! 하하하! 이토록 멋진 일이 어디에 있소?"

마룡왕은 비틀거리며 몸을 일으켰다.

백현은 혹시나 마룡왕이 지금 당장 신비경으로 쳐들어가겠다 나서는 것이 아닐까 하여 급히 마룡왕의 앞을 가로막았다.

마룡왕은 백현을 보며 키득거리며 웃었다.

휘청거리며 다가온 마룡왕이 백현에게 가까워진다. 백현이 무어라 입을 열기도 전에 마룡왕의 몸이 무너지듯 백현에게 안겼다. 용의 팔은 어느새 변하여 비늘은 보드라운 살결이 되었다.

마룡왕은 양팔로 백현의 목을 끌어안았다. 백현은 품 안에 쏙 들어온 마룡왕에게 놀라 양팔만 어정쩡하게 들어 올렸다.

"……본녀의 어머니가, 그런 꼴이나마 아직 살아 계시다는 것. 성불하지는 못하였다지만, 본녀가 행한 복수를 모두 알고 기쁨을 느끼셨다는 것. 그 모두가…… 멋지고, 기쁘오. 하지만 슬프기도 하오. 슬플 수밖에 없잖소. 어머니와 용곡의 마룡들이……. 그 추악한 살덩이에 묶여 있다는 것. 그들을 죽게 만든 제천군이나 다른 용들과 함께 있다는 것. 본녀는 몹시도 슬프오."

"……괜찮아?"

"잠시 이러고 있어도 되겠소?"

마룡왕이 조용히 물었다.

"온기가 필요하오. 누군가에게 안기고 싶소. 아주 잠깐이면 되오. 본녀의 떨림이 멎을 때까지. 증오와 분노가 슬픔을 모조리 삼켜 버릴 때까지. 용성군, 아니, 창명을 찢어 죽여야 할 이유에 어머니와 마룡들을 구원하겠다는 사명감이 더해질 때까지. 아주 잠깐."

백현은 어정쩡하게 들고 있던 양팔을 천천히 내렸다.

작게 속삭이는 마룡왕의 목소리는 아까와 같은 피비린내 나는 광기가 결여되어 있었다.

제 자신의 힘을 자부하고 함정을 약자의 방식이라 말하며 불쾌히 여기지 않던 강자다운 풍모도 없었다. 그런 마룡왕은, 굉장히 낯설었다.

"……마룡왕?"

"야화라고 부르시오."

마룡왕은 백현의 가슴에 얼굴을 묻으며 소곤거렸다.

가슴이 촉촉이 젖어간다. 마룡왕의 목소리 또한 젖어 있었다.

그녀는 울고 있었다. 긴 세월 품고 있던 분노와 증오가 정당화되었다는 것과 용성군에 대한 배신감과 어머니와 마룡들에 대한 슬픔.

백현은 천천히 마룡왕의 머리와 등을 쓸어주었다.

"야화."

"……그래. 그것이 본녀의 이름이지. 마룡왕이 되기 이전의 이름. 어머니가 붙여주었고, 창명과 동무들이 부르던 이름. 본녀가 버리기로 했던 이름."

마룡왕이 고개를 들었다. 그녀는 물기 젖은 눈으로 백현을 보았다.

"창명은 아직도 본녀를 그리 불렀소. 마룡왕이 아닌 야화라고. 참…… 역겹게도. 결심했소. 놈과 맞닥뜨리게 된다면, 본녀는 가장 먼저 놈의 혀를 뽑아버릴 것이오."

마룡왕은 천천히 백현의 몸을 밀쳤다.

뒷걸음질 치며 물러난 마룡왕은 손을 들어 눈가를 닦았다.

"부끄러운 꼴을 보였구려."

뭐라 대답해야 할지 모르겠다. 무슨 말을 하든 간에 당장은 어색해질 것 같다.

"그대에게 마룡왕이 아닌 야화의 모습을 보여 버렸어."

마룡왕은 그렇게 중얼거리며 풋 웃었다.

"하지만 덕분에 후련해졌구려. 고맙소."

"……그렇다면 다행이지."

"이만 돌아가 주시겠소?"

마룡왕은 붉어진 눈시울을 어루만지며 물었다.

"서운하게 들릴지도 모르겠지만, 이런 이야기를 들었으니……. 본녀도 감정을 추스를 시간이 필요하오. 바로 방금 전에 그대에게 못 보일 꼴을 보이기도 하였고."

"아니, 괜찮아. 나도 해야 할 일이 남아서."

대놓고 묻는 축객령에 싫다고 할 수도 없었다.

마룡왕이 감정을 추스를 시간이 필요한 것도 당연했고, 백현에게 할 일이 남은 것도 사실이었다.

우선 라이 룽을 다른 신격의 영지에 피신시키고, 그 뒤에는 정수아를 만나 재생의 뱀에 대해 물어야 한다.

"본녀는 날뛰지 않을 거요. 그러니…… 너무 걱정하지 않아도 괜찮소."

몸을 돌리는 백현을 향해, 마룡왕이 조용히 말했다.

"그렇겠지. 실패해서는 안 될 테니까."

"되새기게끔 해주는군. 의외로 배려심이 있다니까."

마룡왕이 큭큭 웃으며 말했다.

백현은 피식 웃으면서 다시 몸을 돌렸다.

동굴 밖으로 나가는 백현의 등에 대고, 마룡왕은 잠시 머뭇거리다가 목소리를 냈다.

"앞으로 본녀를 야화라 불러도 괜찮소."

"……뭐?"

"그대는 마룡왕이 아닌 야화를 보았잖소. 바보처럼, 부끄럽게 울던 야화를."

백현이 고개를 돌리려는 순간, 동굴을 밝혔던 불이 푹 꺼졌다.

그깟 어둠은 꿰뚫어 보지 못할 것도 없었으나, 백현은 굳이 그러지 않았다. 불을 껐다는 것은, 마룡왕이 자신을 보여주고 싶지 않아서였을 테니.

"……그리 알도록 하시오. 잘 가시오. 멀리 나가지는 않겠소."

"……어, 그래."

백현은 어색한 미소를 지으며 걸음을 떼었다.

"잘 있어, 야화."

6장
못생김

어이가 없을 수밖에.

오랜만에 찾아왔다는 것이 반갑기는 했다. 특히나 일 년 동안 행방불명, 사실상 죽었다고 알려진 놈이 살아 돌아온 것이라 더더욱.

갑자기 찾아온 것이 의아하기는 했지만, 솔직히 반가움이 더 컸다. 이러니저러니 해도 그는 백현에게 마음의 빚을 가지고 있었고, 그걸 떠나서도 백현을 싫어하지 않았다. 처음에 어쩔 수 없이 적으로 만났을 적부터 그랬고, 적이 아니게 된 지금은 더더욱 그랬다.

"방금 뭐랬나?"

하지만 그건 그거고, 이건 이거다.

무령은 당혹감을 추스르며 다시 한번 물어보았다. 잘못 들은 것은 아니겠지만 워낙에 뜬금없는 말이었기 때문이다.

백현은 떨떠름한 무령의 얼굴을 쳐다보며 어색한 웃음을 지었다.

당연한 일이지만, 말을 꺼낸 백현보다 그를 따라온 라이 룽부터가 이 상황의 어색함을 견디기 힘들어했다. 민망하고, 부끄럽고, 굴욕적이고…… 그런 모든 감정을 통틀어서, 그냥 쪽팔렸다.

"얘 좀 여기서 지내게 해주면 안 될까."

"농담이 아니라?"

넌지시 묻는 말에 답하는 목소리가 여전히 떨떠름하다.

당연히 그럴 수밖에 없었다.

"사정은 설명했잖아."

"그건…… 그렇지. 믿을 수 없는 일이지만 거짓말은 아닌 것 같고. 안타까운 일이기는 해."

무령은 그렇게 말하면서 라이 룽을 힐긋 보았다. 라이 룽은 시선을 아래로 떨구고서 괜히 손가락만 꼼질거리고 있었다.

"그리고 너희, 처음 보는 사이도 아니잖아. 안 그래?"

"그렇다고 친한 사이도 아니지."

무령은 헛기침을 하며 중얼거렸다.

그가 아직 신격이 되기 전, 전대 무령의 권속인 연리운이었을 때. 그는 아버지의 명을 받아 백현과 싸웠고, 난입한 카르파고와 합공해 백현을 죽음 직전까지 몰아붙였다.

그 순간에 라이 룽이 난입했다. 적대감은 없었다지만, 연리운과 라이 룽은 잠깐이나마 서로를 적으로 여기고 싸운 사이였다.

"친한 사이가 아니라면 잘됐네. 이번 기회에 서로 친해지는 것이 어때?"

"뭔 말 같잖은 소리를……."

"야, 넌 조용히 해. 다 널 위해서 하는 거니까."

라이 룽이 작은 소리로 투덜거리자, 백현은 즉시 그 말을 끊고 쏘아붙여 주었다. 그러자 라이 룽이 볼멘 눈으로 백현을 흘겨보았다.

용성군이 라이 룽에게 더 간섭하지 못하게 하기 위해서는, 그녀를 다른 신격의 영지에 피신시키는 것이 최선의 방법이다.

천공성이 이동 성역으로 기능했다면 그냥 천공성에 데려다 두면 될 일이지만, 지금의 천공성은 이동 성역이 아니다.

다행히 백현은 성역을 왕래할 수 있을 만큼 친한 신격이 제법 있었다. 재생의 뱀과 흑장미여왕, 그리고 무령. 아직 가본 적은 없지만, 악몽의 결정자의 성역에도 부탁한다면 들어갈 수는 있을 것이다.

하지만 지금 악몽의 결정자는 샤나크와 함께 아마존에 가 있다. 그리고 재생의 뱀은 마룡왕을 공격한 월드이터의 독 때문에 예전처럼 마냥 믿을 수는 없었다.

물론 그것은 재생의 뱀을 직접 만나야 정확히 알 수 있겠지만, 재생의 뱀은 예전에 월드이터에 대해 이야기하지 않았다는 전례가 있었다.

흑장미여왕? 로즈덤은 마기가 가득 찬 곳이다. 사도로서의 힘을 잃은 라이 룽을 피신시키기에는 여러모로 적합하지 않은 장소였다.

또 그리 바라지 않는 일이기는 하지만, 흑장미여왕은 죽어가고 있다. 만약에라도 흑장미여왕이 소멸한다면 로즈덤도 함께 소멸해 버린다.

결국 남는 것은 무령이었다. 마침 서로 면식도 있고, 무령의 영지는 마기 같은 위험한 기류가 넘치지도 않는다.

그뿐만 아니라 백현은 무령이 결코 자신을 배신하지 않을 것이라는 믿음 또한 가지고 있었다. 아무렴, 연리운이 무령이 될 수 있도록 가장 큰 도움을 준 것이 백현 아니던가?

'아버지를 때려죽이긴 했지만.'

엄밀히 말하자면 백현이 직접 죽인 것은 아니다. 무령의 목숨을 끊은 것은 연리운 본인이다.

'오히려 그게 더 안 좋은가?'

슬며시 드는 생각에 조금은 불안해졌다.

백현은 무령을 쳐다보았다. 왕좌에 앉은 무령은 손으로 얼굴을 감싸고 골몰히 생각에 잠겨 있었다. 힐긋 본 라이룽은 여전히 시선을 떨구고 손가락만 꼼질거린다.

"······알았다."

생각이 정리된 모양이다. 무령이 입을 열었다.

백현은 반색하면서 고개를 돌려 무령을 쳐다보았다.

"네 부탁이라면······ 거절하고 싶지는 않다. 이걸 부탁이라고 해야 할지는 모르겠지만."

"제발."

"단어 하나 덧붙인다고 강요가 부탁이 되나?"

무령은 어이가 없다는 얼굴로 중얼거렸다.

"이것으로 네게 진 빚을 모두 갚을 수는 없겠지. 하지만 조금은 감산할 수는 있지 않을까 싶다."

"빚이라니, 우리 사이에 뭘 그렇게 계산적으로 굴어?"

"일 년이 인간에게 긴 시간이기는 한가 보군. 그사이에 뺀질거림이 늘었어."

'나한테는 일 년이 아닌데.'

그런 생각이 들기는 했지만, 굳이 말하지는 않았다. 무슨 일을 겪느냐에 따라 일주일이 일 년보다 가치 있을 수도 있는 법 아닌가?

백현에게 있어서는 명계에서 보낸 일주일이 그러했다. 아진을 만나 신의 무학을 체험하고, 조언을 빙자한 정신 교육과 폭언을 꾸준히 들은 덕분이다. 미친놈에게는 역시 매가 정답인 법이다.

"용성군이 그 정도의 위선자라는 것은 놀라운 일이야."

무령은 얼굴을 감싼 손을 내리며 중얼거렸다.

"내가 어비스에서 보았던 용성군은 점잖고 진실하며, 도리를 아는 신격이었는데. 역시 겉으로는 전부를 알 수 없는 법이로군."

"원래 제 입으로 착하다 떠드는 새끼들은 믿으면 안 돼."

"그럼 너는?"

"난 착하진 않지. 나쁘다고 할 것까지는 없다고 생각하지만, 제멋대로에 나 좋은 대로 하는 놈이야."

"생각보다 자기 자신을 냉정히 평가하는군. 그것도 아주 정확하게."

"그치? 너도 평가해 줄까?"

"아니, 됐다. 좋은 말을 들을 것 같지 않아."

무령이 눈을 찡그리며 대답했다.

빌어먹을 아버지에게 학대당해 왔지만, 그럼에도 건실하게 자라 의리를 아는…… 그런 말을 준비하던 백현은 내심 아쉬워 입을 다물었다.

"재생의 뱀 님이요?"

갑작스럽게 만나자는 청은 반가웠지만, 만남의 이유는 역시나 로맨틱하지는 않았다.

그런데 의외로 큰 실망감은 없었다.

'시간이 흐르긴 흘렀나 봐.'

예전이라면 실망하고 서운함이 들었을 텐데. 아니, 오히려 지금 같은 기분이 후련했다.

정수아는 백현의 곁에 앉은 사라에게 눈인사를 하고서 고개를 갸웃거렸다.

"그러고 보니 최근에는 이상할 정도로 조용하시네요."

"……조용하다고?"

그러니까 더 불안하잖아. 하지만 대놓고 물어볼 수는 없었다. 재생의 뱀이 듣고 있을지도 모르는 일 아닌가.

"네."

"왜? 무슨 일이라도 있으신가?"

"음…… 그건 저도 잘 모르겠어요."

정수아가 민망한 표정을 지으며 말했다.

"재생의 뱀 님은 제 쪽에서 먼저 말을 거는 걸 별로 좋아하지 않으셔서요. 대부분 제가 하는 행동이나 생각에 트집을 잡는 식으로 말을 거시죠."

재생의 뱀다운 일이었다. 예전 사굴에 갔을 때도 재생의 뱀은 정수아를 두고 바보 같다느니 하면서 투덜거렸다.

애당초 재생의 뱀은 정수아를 사도로 점찍어 두기는 했지만, 이렇게 빨리 사도로 삼을 생각도 없었다.

"그분의 성역인 사굴에 찾아간 적도…… 으음, 정식 사도가 되고서 사굴을 나온 뒤로는 한 번도 없었어요. 이유는 뭐……."

흠, 으흠. 정수아는 낮게 헛기침을 내뱉었다.

직접 말은 하지 않았지만, 이유야 알 만했다.

정수아는 정식 사도가 되기 위해 반년 넘도록 사굴에서 재생의 뱀의 가혹한 스파르타식 수행에 시달렸다. 끔찍할 정도로 많은 뱀에게 물어뜯기고, 독을 주입당하고, 배가 산처럼 부풀고 줄어들고…… 뱀이 득실거리는 욕조에 처박히고. 말동무는 뱀들뿐이었고 재생의 뱀에게는 갈굼만 당했다.

그렇다고 재생의 뱀을 원망하냐 묻는다면 또 아니었지만, 그를 떠나서 사굴은 돌아가고 싶지 않은 장소였다.

"오랜만이라서 인사라도 드리고 싶은데."

백현은 넌지시 운을 뗐다.

마룡왕을 습격했다는 월드이터와 독. 재생의 뱀이 침묵하고 있는 이상, 직접 찾아가는 수밖에 없다. 위험할지도 모른다는 생각은 들었지만, 재생의 뱀이 백현을 어찌하고자 했다면 그럴 기회는 몇 번이나 있었을 것이다.

"그, 그래요?"

정수아의 안색이 창백하게 식었다.

"혼자서는 못 가실 텐데……."

"그야 그렇겠지?"

백현은 벙긋 웃으며 말했다.

그 말에 창백해진 안색이 울상으로 바뀐다. 트라우마 가득한 사굴로 돌아가야 한다는 것을 떠올리니 목이 바짝바짝 말랐다.

"난 안 갈 거야."

얼굴이 구겨진 것은 사라도 마찬가지였다.

그녀는 백현을 찌릿 흘겨보았다. 일 년 만에 돌아온 주제에 뭐 이리 바쁘단 말인가? 둘이서 진득하게 시간이나 보내고 싶었는데, 라이 룽과 마룡왕, 이제는 재생의 뱀이란다.

"왜?"

"그 여자, 나 안 좋아하잖아."

사라가 입술을 삐죽 내밀며 말했다.

따지고 보면 사라가 먼저 재생의 뱀에게 적대감을 내비쳤기 때문이지만, 당시 사라는 신격의 존재감을 대하는 것이 처음이라 어쩔 수 없는 일이기는 했다.

"금방 다녀올게."

백현은 삐죽 내민 사라의 입술을 손가락으로 툭 쳐주었다. 그러자 사라는 화들짝 놀라 어깨를 움츠리고, 당황한 표정으로 백현을 쳐다보았다. 이런 식의 스킨십은 처음이었기 때문이다.

사실 놀란 것은 백현도 마찬가지였다. 삐죽 나온 입술이 왠지 모르게 눌러보고 싶다고 생각했는데, 설마 진짜 생각처럼 행동해 버릴 줄이야.

"뭐, 뭐 하는⋯⋯."

"입술에 뭐 묻었더라."

"아무것도 안 먹었는데⋯⋯?"

"김 묻었었어."

"그럴 리가 없잖아!"

"어, 음, 아뇨, 묻었어요."

시청자의 기분으로 그걸 쳐다보던 정수아가 급히 말을 꺼냈다.

당연히 아무것도 안 묻었었는데.

백현과 사라가 동시에 정수아를 돌아보았다. 몰리는 시선에 정수아는 당황해 아무 말이나 내뱉었다.

"모, 못생김."

사라의 얼굴이 일그러졌다. 나름 커버를 쳐주려 한 말 같은데⋯⋯ 도저히 맞장구를 쳐줄 수 없는 말이었다.

"그건 아니지."

정수아에게는 미안했지만, 지금 상황에서는 정수아를 탓하는 것이 정답이었다.

"너무한 거 아니에요?"

재생의 뱀의 영지에는 이전에도 가본 적이 있어서, 찾아가는 것은 어렵지 않았다.

근처 거주 지역으로 텔레포트 스크롤을 사용하고, 사굴의 입구가 위치한 산을 타는 내내 정수아는 아까의 일로 궁시렁거렸다.

"나는 오빠 도와주려고 한 말인데, 둘이서 그렇게 날 갈구면 어쩌자는 거예요?"

"아니, 커버 쳐주려 한 건 고마운데. 못생김은 너무 했잖아……."

"그러면 김 묻었다고 하지를 말던가! 아니, 그보다, 갑자기 입술은 왜 만진 거예요?"

"삐죽 튀어나온 게 꼭 눌러달라는 버튼 같아서."

"언니 입술이 빨갛기는 하죠. 입술에 뭐 바르지도 않으면서 왜 그리 빨간지 몰라. 몰래 색소라도 넣은 거 아냐?"

정수아는 입술을 삐죽거리며 궁시렁거렸다. 그녀의 입술도 색이 제법 진하기는 했지만 사라만큼은 아니었다.

"아니면 역시 유전자? 인종? 눈도 빨갛고, 피부는 하얗고, 갖고 태어난 것이 뭐 그리 차이가 나는지."

정수아의 궁시렁거림을 듣다 보니 어느새 사굴이 있는 산 중턱에 도착할 수 있었다.

정수아는 한 번 주변을 쓱 돌아본 뒤에 성큼성큼 걸어갔다.

백현은 이미 진즉에 심안을 뜨고서 사굴의 입구를 확인하고 있었다. 사굴의 입구는 신비경처럼 굳건히 닫혀 있었다.

"열어주셔야 들어갈 수 있는 거 아니야?"

"제가 괜히 사도인 줄 알아요?"

사굴로 향하고서 처음으로 정수아의 투덜거림이 멈췄다.

그녀는 으스대듯 말하며 손을 들어 올렸다. 사도가 되고서도 그녀는 여전히 몸에 달라붙는 타이즈를 애용하고 있었다.

재생의 뱀이 주었던 흑린을 생각하면, 정수아가 재생의 뱀의 사도가 될 수 있었던 것은 아무래도 취향의 동일함도 한몫하는 것 같았다.

타이즈를 걷어 올린 팔이 뱀 비늘로 뒤덮였다. 아니, 정확히 말하자면 그녀의 팔이 하나의 '뱀'이 되었다.

뱀의 머리가 된 손에서 긴 혓바닥이 날름인다. 정수아는 거리낌 없이 사굴의 입구를 향해 뱀을 밀어 넣었다.

츄릇.

뱀의 혀가 입구를 핥자, 사굴로 들어가는 문이 열렸다.

"가죠."

정수아가 앞장서서 걸어 들어갔다.

문을 통해 들어간 순간 직면하는 것은 추락이다. 이전에 사굴에 와본 적이 있어서 당황하지는 않는다.

추락의 끝에 도달하는 것은 독기로 가득 한 늪. 하지만 늪에 빠지지는 않았다.

늪에 빠지기 직전, 마가라가 나타나 백현을 머리에 태웠기 때문이다.

그 뒤에 마가라를 타고 늪을 지나, 백현을 입안에 넣고 잠수해…… 재생의 뱀이 거하는 화려한 저택에 도착했다.

'슬슬 나타나야……'

추락의 끝이 다가온다. 늪이 가깝다.

늪을 채운 독은 도원경에서 백현을 끔찍이도 고생시킨 독왕의 독을 우습게 여길 정도로 지독하다. 물론 그렇다 해도 지금의 백현을 죽일 정도는 아니겠지만, 독에 풍덩 빠진다면 기분이 엿 같을 것이 분명했다.

그런 일은 일어나지 않았다. 백현이 대처하기도 전에, 그가 입고 있는 흑천이 반응했기 때문이다.

촤악!

아래로 쏟아져 내린 흑천이 크게 넓혀져 백현의 몸을 받아 냈다. 그건 마치 천을 접어 만든 배 같은 모습이었다. 단지, 입은 옷과 이어져 있어서 움직이는 것이 그리 편하지 않다는 것이 문제였다.

"푸하!"

늪에서 정수아가 머리를 들어 올렸다. 그녀의 머리는 끈적한 독기에 푹 젖어 있었다. 그래도 재생의 뱀의 사도라, 정수아의 몸은 독기에 상하지 않았다.

하지만 그녀는 당황하여 주변을 두리번거렸다.

"왜 마가라가 없는 거지?"

본래 마가라는 항상 이 늪을 유영한다.

문을 열고 들어오면, 항상 마가라의 위에서 떨어지게 된다. 마가라는 얼마 없는 허락된 방문자의 인도자이자, 허락 없이 들어온 적을 삼키는 처형자였다.

"나야 모르지."

백현은 몸에 이어진 흑천을 손으로 들추며 중얼거렸다.

독기가 가득 한 늪이 새삼 스산하게 느껴졌다.

7장
토착신

"이런 모습은 보여주고 싶지 않았어요."

정수아가 웅얼거린다.

"어…… 괜찮다고 생각해."

대답은 그렇게 했지만, 스스로 생각하기에도 위로 삼아 하는 말이라는 것이 노골적으로 느껴진다.

산전수전 다 겪어왔기에 어지간한 일이면 신경도 쓰지 않을 텐데, 이건 아무래도 좀 너무 갔다.

"색다른 모습이라고나 할까. 그게, 음, 흔한 일은 아니잖아. 그렇지? 아무나 할 수 있는 일도 아니고."

위로 삼아 던진 말에 정수아는 대답 대신에 혀를 날름거렸다.

백현은 츄릅거리는 헛소리를 들으며 앞을 보았다. 그건 백현 나름의 배려였다. 어쩔 수 없다고는 해도, '이런' 모습은 그리 보여주고 싶지 않을 테니까.

지금 정수아는 거대한 뱀이 되어, 백현을 머리에 태우고 독기의 늪을 가로지르고 있었다.

백현은 저 끈적거리는 독기의 늪에서 자유형을 해도 멀쩡하다. 하지만 그런 것과 이 늪을 '통과'하는 것은 별개의 문제였다. 늪을 지나 재생의 뱀의 저택에 도착하기 위해서는, 늪 아래로 깊이 잠수해 들어가야 한다.

백현의 맨몸으로도 가능한 일이기는 하지만, 늪 아래의 수문은 허락된 자가 아니고서는 들어갈 수 없다. 사굴의 첫 방문에서 괜히 마가라의 입안을 구경해야만 했던 것이 그 때문이었다.

놀라기는 했다. 여태까지 모든 사도를 만나보았는데, 저렇게 변신이 가능한 것은 처음 보았다. 뱀으로 변한 정수아는 크고, 매끄러웠다. 마가라보다는 작았지만, 괴물 뱀이라고 하기에는 충분한 크기였다.

"저, 오빠…… 다 왔는데요."

정수아는 혓소리를 내지 않으려 애쓰며 말했다. 다 왔다고 말은 했지만, 아직 그들의 앞에는 늪이 펼쳐져 있었다.

백현은 무슨 일을 해야 할지 알고 슬며시 몸을 일으켰다.

"아, 이거 진짜 하기 싫은데……."

"다른 방법이 있는 것도 아니잖아."

"……오빠. 숨 참으면 최대 얼마까지 참을 수 있어요?"

"안 해봐서 모르겠는데……."

"한번 못 참겠다 싶을 때까지 최대한 참아봐요. 네?"

목소리가 워낙에 간절해서, 백현은 고개를 끄덕거리고 크게 숨을 참았다.

'왜'냐고 묻지는 않았다. 이런 일을 겪는 것이 이번이 처음도 아니었기 때문이다.

백현은 정수아의 머리 위에서 폴짝 뛰어올랐고, 정수아는 기다렸다는 듯이 머리를 젖히며 크게 입을 벌렸다.

마가라보다 크기가 작아서인지, 정수아의 입안은 조금 좁게 느껴졌다. 몸을 뒤척거리면 이빨과 닿을 정도였다.

백현은 정수아의 혀 위에서 몸을 둥글게 말았다.

"내, 냄새는 안 나죠?"

"숨 쉬지 마라며."

"네, 네. 꼭, 알았죠?"

대답한 순간 의지와는 달리 숨을 쉬어버렸다. 그래도 냄새는 나지 않았다. 축축하지도 않았고. 하지만 마가라 때와는 다르게 조금 껄끄럽고 민망하기는 했다.

백현도 그런 기분을 느끼는데 정수아야 말할 것도 없었다.

그녀는 몸을 뒤틀어 늪지 깊은 곳으로 잠수했다. 백현은 여전히 몸을 둥글게 말고서 정수아가 입을 벌려 꺼내주는 것을 기다렸다.

얼마 지나지 않아 정수아가 입을 벌렸다. 백현은 냉큼 정수아의 입 밖으로 빠져나갔다.

늪지 아래의 수문을 지나 도착한 곳은 지난번에도 와본 적 있는 맑은 호수였다.

백현은 물속 깊이 잠수했다가 머리를 내밀었다. 물기에 푹 젖은 머리를 털면서 뒤를 보니, 정수아는 어느새 사람의 모습으로 돌아와 양손으로 얼굴을 덮고 있었다. 수치심에 붉어진 귀가 참 잘 보였다.

"……괜찮아?"

"네……."

넌지시 묻는 말에 정수아가 고개를 끄덕거렸다.

괜히 덧붙일 말이 그녀를 더 부끄럽게 할 것만 같아, 백현은 고개를 돌렸다.

호수 너머의 저택은 저번에 보았을 때와 변함이 없어 보였다. 적어도 겉으로 보기에는 그랬다.

백현은 몸을 일으켜 호수 표면 위에 섰다.

"가자."

"네……."

수면을 걸어 저택 근처에 도착했다. 어깨를 축 늘어뜨리고 따라오던 정수아의 눈썹이 씰룩거렸다.

그녀는 당황한 표정을 지으며 주변을 둘러보았다. 아무리 갑작스러운 방문이라지만 뱀들이 마중을 나오지 않는 것은 이상한 일이었다.

재생의 뱀도 마찬가지였다. 아무리 평소 말이 없고, 여기까지 오는 내내 조용했다지만. 이렇게 직접 사굴에 들어왔는데도 말 한마디 없다니?

"자, 잠깐만요."

상황이 심상찮다는 것을 깨달은 정수아는 굳은 표정으로 후다닥 달려 나갔다.

백현은 자신을 지나쳐 저만치 앞으로 가는 정수아를 붙잡지 않고 감각을 활짝 열었다.

곳곳에 숨은 기척들이 느껴진다. 아니, 숨은 것도 아니었다. 그들은 그냥 제 자리에 그대로 있었고, 이 갑작스러운 방문자들을 완전히 무시하고 있었다. 작은 동요조차도 느껴지지 않았다. 그들은 쥐죽은 듯 고요했다.

"오빠!"

정수아가 다급한 소리를 냈다. 가까이 가보니, 그녀는 깊은 구덩이 근처에서 경직된 얼굴로 서 있었다.

고개를 빼 구덩이 안을 들여보니, 실뭉치처럼 얇은 뱀들이 깊은 구덩이의 절반 높이까지 수북이 쌓여 있었다.

그렇게 쌓여서, 아무 움직임도 보이지 않는다. 죽은 것은 아니었다. 하지만 다들 죽은 게 아닐까 싶을 정도로 깊은 잠에 빠져 있었다.

"얘들뿐만이 아니에요. 다른 뱀들 전부…… 잠들어 있어요."

"……전에도 이런 일이 있었던 것은 아니지?"

"없었어요. 이런 경우에 대해 들은 적도 없고요."

"안으로 들어가 보자."

백현은 저택을 눈짓으로 가리키며 말했다. 굳게 닫힌 저택의 문을 힘으로 열고 들어갔다.

바깥과 다를 것이 없었다. 저택은 고요했고, 곳곳에 뱀들이 고요히 잠든 것이 느껴졌다.

이곳은 독니를 가진 뱀들의 소굴이다. 이전에 왔을 적에도 곳곳에서 뱀들의 차가운 시선들을 느꼈었다. 하지만 지금은 아니었다. 시선의 주인들은 한 마리도 빠짐없이 눈을 감고 잠들어 있었다.

정수아는 급한 걸음으로 재생의 뱀의 침실로 향했다. 아직까지도 재생의 뱀은 아무런 말이 없었다. 믿을 수 없는 일이었다.

재생의 뱀뿐만이 아니라 역천자를 제외한 모든 신격은 외차원의 성역을 벗어날 수 없다. 그 말은 즉, 신격의 습격은 원천적으로 차단되어 있다는 것이다.

'역천자?'

유일하게 성역을 나가고, 타 신격의 성역을 침범할 수 있는 존재.

전례는 있다. 과거 역천자는 무령의 성역을 침입했고, 그의 타락을 유도했다.

하지만…… 무령과 재생의 뱀은 다르다. 아무리 역천자가 사법에 능하다지만, 뱀들이 득실거리는 이 사굴에서 재생의 뱀을 습격해 그녀를 해할 수 있을까?

"재생의 뱀 님?"

닫힌 침실의 문 앞에서 정수아는 조심스레 목소리를 냈다. 대답은 돌아오지 않았다.

정수아는 고민 없이 문을 강제로 열었다. 그러고는 곁에 있는 백현을 신경 쓰지 않고 후다닥 안으로 뛰어들어갔다.

"재생의 뱀 님!"

정수아를 뒤따라 들어가다가, 백현은 걸음을 멈추었다.

거대한 침실. 가구라고는 침대 하나뿐이다. 열 명이 누워도 불편하지 않을 것 같은 커다란 침대에 사람은 없었다.

대신, 거대한 뱀이 침대를 휘감고 그 위에 머리를 누이고 있었다. 백현은 저 거대한 뱀이 재생의 뱀의 본신임을 알아차렸다.

예식용 허물이라 말하던 여인의 몸뚱이 뒤에서 보았던 신력의 형태. 하지만 이렇게 재생의 뱀의 본신을 직접 보는 것은 처음이다.

그녀의 본신은 마가라나 정수아보다도 작았다. 그럼에도 거대한 뱀이라는 것은 틀림없었지만, 흉측하다기보다는 아름답게 느껴졌다.

매끄러운 비늘은 검은색과 녹색이 어우러져 기하학적인 문양을 만들고, 늘씬하게 뻗은 몸이 그리는 선에 흐트러짐은 조금도 없었다.

특히 백현의 시선을 붙잡은 것은 머리 바로 아래의 목걸이였다. 아름다운 보석을 엮어 만든 목걸이는, 원래는 펜던트나 다른 보석이 달려 있었던 것처럼 보였다. 이음새가 열려 있었기 때문이다.

"재생의 뱀 님!"

정수아는 비명을 지르며 재생의 뱀에게 달려들었다.

그녀는 거대한 뱀의 몸뚱이를 양팔로 끌어안고서 거세게 흔들었다. 하지만 아무리 흔들어대도 재생의 뱀은 눈을 뜨지 않았다. 고요한 숨소리만이 그녀가 죽지 않고 살아서 잠들어 있다는 증거였다.

"오, 오빠. 어떡하죠? 재생의 뱀 님이……!"

백현도 가까이 다가가 재생의 뱀의 몸에 손을 대보았다. 슬며시 내공을 밀어 넣어보았지만, 재생의 뱀의 비늘을 뚫을 수 없었다.

무리해서라도 기를 흘려 넣어볼까 생각하던 순간.

"빨리도 오는구나, 멍청한 것!"

심통 난 매도가 쏘아졌다.

정수아는 흠칫 놀라 어깨를 움츠렸다. 백현도 소리가 난 곳을 돌아보며 당황한 표정을 지었다.

바닥을 기어온 것은 커다란 뱀이었다.

"마, 마가라?"

정수아가 놀란 소리로 중얼거렸다. 갑작스레 모습을 보인 것은 늪지에 있어야 할 마가라였다.

마가라는 정수아의 중얼거림에 눈을 찡그리면서 혀를 날름거렸다.

"섬기는 신조차 알아보지 못하다니, 이 얼마나 멍청하고 어리석은지……!"

"네?"

마가라가 쏘아붙이는 말에 정수아가 눈을 동그랗게 뜬다.

'분명 들어본 목소리인데…… 뭔가 이상하다.'

백현은 고개를 갸웃거리며 물었다.

"재생의 뱀 님?"

"오랜만이구나. 해후를 나눌 상황도 기분도 아니지만 말이다."

재생의 뱀이 혀를 날름거리며 대답했다.

백현은 자신이 느낀 이상함의 정체를 깨달았다. 재생의 뱀의 목소리는 이전에 들었던 것보다 훨씬 앳되게 들린다.

정수아가 상황을 깨닫지 못하고 당황해 하자, 재생의 뱀은 혀를 츄릅거리며 고개를 저었다.

"멍청하기는."

"아, 아니, 재생의 뱀 님. 이게 대체 무슨……."

"부끄러운 일을 캐묻는구나. 그리 대답하고 싶지는 않다만."

머리를 들어 올린 재생의 뱀의 몸이 빛에 휘감겼다. 빛이 잦아들자, 그곳에 더 이상 마가라의 몸은 없었다. 대신에 열 살 언저리로 보이는 소녀가 서 있었다.

정수아의 입이 크게 벌어졌다.

"대답하지 않을 수도 없는 노릇이고."

"재, 재생의 뱀 님. 몸이……?"

"이 몸뚱이로는 조잡한 예식 허물밖에 두를 수 없구나. 왜, 내가 작아졌다고 우습게 보이는 것이냐?"

소녀의 모습을 하고 있다지만 성격마저 바뀐 것은 아니었다. 재생의 뱀은 날카로운 눈을 하고서 정수아에게 쏘아붙였다.

정수아는 기가 죽어 찔끔하고 어깨를 움츠렸다.

"한심한 것!"

"걱정해서 온 건데……."

"걱정? 말은 잘하는구나! 일주일이 넘어서 온 주제에 걱정은 뭔 놈의 걱정이란 말이냐?"

"설마 이런 일이 벌어졌을 거라고 생각이나 했겠어요……."

"흥! 내가 굽어보지 않은 일주일 동안 얼마나 신이 났을까?

해방감이라도 느끼며 자유를 만끽한 것 아니냐?"

"아니거든요······. 그냥 바쁘신가 해서······."

"아무리 바쁘다고 해도, 일주일이나 지나서 찾아오는 것은 네 섬김과 신앙이 부족한 것이란 생각은 하지 않느냐?"

재생의 뱀이 앙칼진 목소리로 쏘아붙였다. 결국 왜 이리 늦게 왔느냐는 타박이었다.

정수아는 더 이상 항변하지 않고 입술만 삐죽이 내밀었다.

"대체 무슨 일이 있었던 거예요?"

보다 못한 백현이 끼어들었다. 이대로 내버려 두었다가는 몇 날 며칠 동안 재생의 뱀이 정수아를 타박할 것 같아서였다.

"다른 뱀들은 왜 죄다 잠들어 있고, 재생의 뱀 님의 본신은 왜······ 아니, 그보다. 지금 몸뚱이는 뭐예요?"

"말했잖느냐, 이 몸뚱이로는 조잡한 예식 허물밖에 두를 수 없다고."

재생의 뱀이 투덜거렸다.

"마가라는 내가 벗어둔 허물이다. 본래는 살아 움직일 일 없는 허물이지만, 만약의 때를 대비해 신격의 일부를 담아두었지. 설마 이렇게 사용할 줄은 몰랐다만."

재생의 뱀은 그렇게 중얼거리면서 침대를 휘감은 본래의 몸뚱이를 훌쩍 뛰어넘었다.

그렇게 침대 위에 올라가 앉은 재생의 뱀은, 죽은 듯이 잠든 뱀의 머리를 손으로 툭툭 치며 말했다.

"마가라를 만들 때만 해도 괜한 일을 하여 신격을 나누는 것이 아닌가 했는데, 세상일은 역시 모르는 법이로군. 답지 않게 신중했던 덕에 최악을 면할 수 있었어."

재생의 뱀은 마치 하품이라도 하는 것처럼 크게 입을 벌렸다. 그 뒤에 오른손을 입안으로 욱여넣었다.

목구멍 깊은 곳까지 쑤셔 넣은 오른손과 팔뚝이 꿈틀거릴 때마다 정수아가 입가를 찡그렸다.

얼마 지나지 않아 입안에 들어갔던 손이 빠져나왔다.

"……흠."

재생의 뱀은 눈을 찡그리며 입에서 빼낸 손을 내려 보았다. 그녀의 손에는 수정으로 만든 것 같은 사과가 들려 있었는데, 그 안은 검은색의 액체가 담겨 출렁거리고 있었다.

"좋지 않군."

재생의 뱀이 작은 소리로 중얼거렸다.

"그건 뭐죠?"

"내 반쪽이지."

재생의 뱀이 미간을 찡그리며 중얼거렸다.

"이런 술수에 놀아날 줄이야. 진즉에 소멸시켰어야 했는데……."

"반쪽?"

"흥, 사실 반쪽이라는 것도 잘 쳐주어 한 말이지. 정확히 말하자면 내가 필요 없어 버린 찌꺼기일 뿐이다."

재생의 뱀은 그렇게 투덜거리면서 손에 든 사과를 아래에 내려놓았다.

"내가 아직 불완전하고, 어수룩했을 적에 버린 찌꺼기가 이제 와서 날 삼키고 내 행세를 하려 드는구나."

"……설마."

마룡왕에게 가해진 습격. 그녀를 죽일 뻔했던 독.

"월드이터?"

백현의 물음에, 재생의 뱀은 빠득 이를 갈았다.

이걸 어떻게 받아들여야 할까? 예전의 재생의 뱀은 월드이터에 대해 언급도 하지 않았었다. 했던 말을 번복까지 해가면서 어비스 신격들의 숫자를 바꿔 말하기도 했었다.

그런데 이제는 정확하게 월드이터에 대해 언급하고, 노골적인 적의까지 내비치고 있다.

"표정이 왜 그러느냐?"

"뭔가 좀 이상하다 싶어서요."

재생의 뱀이 고개를 갸웃거렸다.

백현은 재생의 뱀의 반응에 예의 주시하며, 과거 재생의 뱀이 말한 모순에 대해 말해보았다.

정수아는 그 이야기에 흠칫 놀라 재생의 뱀을 돌아보았고, 당사자인 재생의 뱀은 묘하다는 표정을 지으며 백현을 빤히 보왔다.

"흠."

검은 액체가 찰랑거리는 수정 사과를 다리 사이에 내려놓고서, 재생의 뱀은 팔짱을 끼고 입술을 삐죽 내밀었다.

"희미하구나."

"네?"

"분명 내 기억이야. 내가 한 말이고. 하지만…… 의식이 잘안 되는구나."

재생의 뱀이 눈을 찡그렸다.

"넌 나의 모순에 대해 지적했다. 여태까지 그에 대해 말하지않은 것은 신중해서? 아니면 불안해서?"

"둘 다죠."

"불안함이라면, 내가 너를 기만하고 음흉하게 군 것일까 봐?"

"만약 재생의 뱀 님이 그런 의도였다면, 재생의 뱀 님은 제적이라고 봐야겠죠?"

"의도를 떠나서 기만하고 음흉하게 행동한 것이 사실이라면, 음, 그래. 친구라 할 수는 없게 되겠지."

재생의 뱀이 히죽 웃었다. 백현도 마주 웃으며 농담처럼 말했다.

"적이라면 싸워야 하잖아요. 내가 죽고 싶지는 않으니까, 대신에 재생의 뱀 님을 죽여야 했을 테고."

정수아가 꿀꺽 침을 삼킨다.

재생의 뱀은 백현의 얼굴을 물끄러미 보다가 킬킬대며 웃었다.

한참 웃으며 고개를 끄덕거리던 재생의 뱀이 웃음기 남은 목소리로 대답했다.

"그렇지. 적이라면 싸울 수밖에 없는 것이야. 물론 그 싸움에서 너와 나, 둘 중 누가 죽을지는 속단할 수 없는 일이지만 말이다."

재생의 뱀은 방금의 언동에 대해 그리 불쾌해하지 않는 듯했다. 오히려 저런 말을 듣게 되어 즐겁다는 표정이었다.

"하나 안타깝게도 이 일로 너와 내가 싸울 일은 없을 것 같구나. 나는 널 음흉하게 기만하고 싶은 생각은 조금도 하지 않았다. 말하지 않았느냐. 희미하다고."

재생의 뱀이 까딱하고 고개를 기울였다.

"네가 한 지적은 타당하다. 내 모순은 틀림없었고. 하지만 뻔한 모순, 구멍투성이였지. 애당초 널 기만하려 들었다면 그렇게 뻔한 헛소리를 하지 않았겠지. 조금만 생각하면 의심받을 것이 뻔한데 말이야."

백현도 동감했다.

월드이터에 대한 언급을 뒤바꾸던 것은 음흉하기는커녕 안일한 일이었다. 백현이 아는 재생의 뱀은 그런 성격이 아니었고, 마룡왕도 그렇게 말했었다. 재생의 뱀은 뱀이기는 해도 간교하지는 않았다고.

재생의 뱀은 히죽 웃으면서 양손을 들었다. 그녀는 구부린 손가락으로 머리를 붙잡더니, 손가락을 쑤셔 넣었다.

정수아가 윽 하고 신음을 냈다.

정작 재생의 뱀은 신음 한 번 내지 않고 골몰한 표정을 짓고 있었다. 마치 머리카락을 감는 것처럼 머리에 쑤셔 넣은 손가락을 후비고 헤집기를 한참, 재생의 뱀이 탄성을 터뜨렸다.

"기억났다."

"뭐가요?"

"확실히. 내가 너에게 저렇게 말했었구나. 하하하!"

머리에 쑤셔 넣은 손가락이 뽑혀 나온다. 손가락은 피나 뇌수 따위는 전혀 묻어 있지 않았다. 재생의 뱀은 무엇이 그리고 우스운지 한참을 웃었다.

"내 기억을 통째로 뒤집고 다시 보았다. 얼마 지나지 않은 일이라 찾는 것이 쉬웠지."

보기 그리 좋지는 않았지만.

"그래, 어디서부터 말해야 할까…… 우선 내가 말했던 모순에 대해 말하도록 하마. 변명이라 듣지는 말거라. 이거 참, 말하기 부끄러운 일이로군."

재생의 뱀이 어깨를 으쓱거렸다.

"월드이터에 대해 일부러 말하지 않은 것은 아니다. 처음에는 월드이터를 수에 넣어 말했고, 그 뒤에는 놈을 빼고서 말했었지? 그것은……. 그때부터 나에게, 월드이터에 대한 기억이 의식되지 않았기 때문이다."

"그게 무슨 말이에요?"

"월드이터가 마룡왕과 함께 깨어난 후부터. 나는 월드이터에 대해 기억하지 못하고 있었다는 말이지."

"어떻게 그런 일이 있을 수 있죠?"

"월드이터가 내 반쪽, 아니, 내가 버린 찌꺼기이기 때문이지."

아까도 들었던 말이지만, 아직 저 말이 무슨 뜻인지는 잘 알수가 없었다.

하지만 벌써부터 재촉할 필요는 없었다.

백현은 귀를 열고 재생의 뱀의 말을 들으며, 그녀의 말에 또 다른 모순이 있지 않을까를 판가름하기 시작했다.

"역천자는 월드이터를 깨운 뒤, 놈의 근원이 무엇인지 파악했을 게야. 그것을 써먹을 수 있다 판단했겠지. 그리고 놈을 제대로 써먹는 것에 있어서 가장 거슬리는 것이 바로 '나'라는 것도 알았을 테고."

당연한 말이지만, 그 말을 하며 재생의 뱀은 조금도 유쾌해 하지 않았다. 그녀는 눈을 찡그리며 끓어오르는 살의를 진정시켰다.

진정 음흉한 기만을 술책한 것은 바로 역천자였다.

"그래서 월드이터를 통해 나에게 간섭한 것이다. 불가능할 것은 없었겠지. 월드이터와 나 사이에는 결코 끊을 수 없는 연결 고리가 있으니 말이야. 놈으로서는 아예 기억을 지워 버리고 싶었겠지만, 아무리 놈이 대단한 술법가라고 해도 안 되는 것은 안 되는 법이지. 기억을 무의식 깊은 곳에 파묻는 것이 고작이었던 게다."

그렇게 재생의 뱀은 월드이터에 대한 기억을 의식하지 못하게 되었고, 백현에게 그에 대해 말하면서 모순을 띠게 되었다.

"월드이터랑 재생의 뱀 님은 대체 무슨 관계죠?"

일련의 말에 모순은 없다. 알 수 없는 것은 재생의 뱀과 월드이터가 대체 무슨 관계이며, 대체 어떤 연결 고리를 가지고 있느냐는 것.

그리고 왜 재생의 뱀의 본신과 사굴의 뱀들이 모두 잠들어 버리고, 재생의 뱀이 본신을 떠나 마가라의 몸에 들어가 있는 걸까.

"찌꺼기다."

이미 했던 말의 반복이다.

"내가 아직 불완전해, 신격을 목전에 두었을 때의 일이지."

그것으로 끝나지 않았다. 재생의 뱀은 웃음기 없는 얼굴과 목소리로 말을 이었다.

그녀에게 있어서 그 당시의 기억은 그리 떠올리고 싶지 않은 것이었고, 스스로의 치부라 할 수 있는 일이었다.

"난 태생이 뱀이었다. 물론 평범한 뱀은 아니었다. 다른 뱀들보다 크고, 이빨이 날카롭고, 진한 독을 가지고 있었지. 내가 태어나 자란 산은 많은 짐승이 있었고, 많은 뱀이 있었다. 하지만 내가 채 자라기도 전에 나는 산의 다른 뱀들보다 컸고, 다른 짐승들보다 현명했다."

그 이야기는 의외였다.

여태까지 백현이 만난 신격들은 대부분이 인간이거나, 아니면 신격이 되기 마땅한 초월종들이었다.

사실 인간을 출신으로 한 자 중 제대로 신격의 좌에 오른 것은 악몽의 결정자뿐이었고, 무령이나 천존은 마신의 계약과 현자의 돌의 힘을 빌었으니 제대로 된 신격이라 할 수 없다.

혈사자와 암막의 주인, 마룡왕, 용성군은 초월자가 되는 것이 보장되었다 할 수 있는 초월종이다.

검무희는 무의 편린이 담긴 검령을 신격의 근원으로 두었고, 템페스트는 기적이라 말하기 충분한 완성된 호문쿨루스다.

그 외의 신격들은 신격이 되기 전에 어떤 존재들인지 알 수 없는 일이나, 그저 커다란 뱀으로 태어났다는 재생의 뱀의 근원이 어비스의 신격 중 가장 비천할 것은 틀림없었다.

"자연히 나는 나고 자란 산의 왕이 되었다. 내가 현명했다고 말은 하였지만, 사실 대단한 현명함을 가진 것도 아니었지. 난 그저 물어 죽여 삼켜도 될 것과 그러지 말아야 할 것을 구분할 줄 알았을 뿐이다."

대단하지 않단 식으로 말은 하지만, 산에 태어난 짐승에게 있어서 그건 분명 대단한 일이었다.

집에서 기르는 개조차도 입질을 교육시키기 위해서는 어린 시절부터 교정이 필요한데, 산에서 태어나 자란 뱀이 자연히 그것을 알고 있었다는 것이다.

"내가 가장 먼저 구분한 것은 사람이었다. 사람을 물어 죽이면 안 되는 것. 아무리 배가 고파도 한입에 삼켜서는 안 된다는 것을 구분했다. 내가 그럴 수 있었던 것은 여러 가지를 보았기 때문이다."

재생의 뱀이 태어나 자라, 왕으로 군림했던 산에는 꽤 많은 사람이 살고 있었다.

대단한 규모의 마을이 있었던 것은 아니지만, 몇 개나 되는 마을이 산 곳곳에 있었다. 산에서 살아가는 사람들은 자연스레 산에 업을 두었다. 나무꾼이나 약초꾼, 사냥꾼 등.

"산 중턱을 떠돌던 들개. 놈은 제법 멀리 나온 인간 아이들을 보고 짖어대다 다리를 물었고, 아이의 부모들이 휘두른 몽둥이에 맞아 죽었다. 겨울에 배가 고파 마을까지 내려가 식량 창고에 코를 박으려던 멧돼지는 화살에 맞아 가죽과 고기가 모조리 벗겨졌다. 호랑이는 제힘이 대단함을 알고 교만하게 굴었다. 깊이 들어온 사냥꾼과 나무꾼 등을 물어 잡아먹으며 즐거워했지만, 그런 일이 반복되자 수십의 인간들이 쏘아댄 화살에 구멍투성이가 되어 죽었다."

흔하고, 당연히 일어나는 일들이다. 우둔한 짐승이라고 해도 저런 일을 곁에서 본다면 학습하게 된다.

다만 재생의 뱀은 더 빨리 학습하고, 이해했다. 미물이었던 그녀는 절대로 인간을 적으로 돌리면 안 된다는 것을 깊이 이해했다.

"난 분명 크고 강했다. 호랑이라도 내게 물리면 몇 걸음 가지 못하고 중독되어 죽었고, 사실 몇 걸음 떼기도 전에 나에게 통째로 삼켜지는 것이 당연했지. 하지만 내가 아무리 강하다고 해도, 난 결국 뱀이며, 혼자였다. 인간은 나보다 훨씬 약하지만, 수가 많고 뭉칠 줄 알며, 특히 두렵고 강한 적을 반드시 사냥해야 하는 상황에서는 더더욱 그러했지."

그런 이들을 적으로 삼는 것은 어리석은 일이다. 가능하다면 저들을 적이 아닌 아군으로 두어야 했다. 저들에게 사냥 되지 않기 위해서는 더더욱.

"이 거대한 몸뚱이는 인간에게 두려움을 주기 충분했지만, 몇몇 이들은 내 비늘 가죽과 이빨을 탐냈다. 그들은 꾸준히 산을 헤집어 나를 사냥하려 들었고, 나는 그들을 마주치지 않기 위해 이빨을 감추고 땅에 바짝 엎드려 기었다."

지금의 재생의 뱀으로서는 상상되지 않을 행동이었다. 그녀가 저 때의 기억을 수치스럽게 여길 만도 했다.

"어리석은 짐승들이 제힘을 뽐내기 위해 인간을 공격할 때. 난 그것이야말로 기회라고 생각했지. 절체절명의 순간까지 기다렸다가 몇 번이고 모습을 보여 짐승을 내쫓고, 물어 죽였다. 그렇게 인간들을 구해주었지."

비명을 지르는 인간들은 쫓지 않았다.

그렇게 몇 번을 반복했다. 어느 순간부터 인간들은 자신들을 구해준 거대한 뱀을 보고 비명을 지르지 않았다. 오히려 신기하다는 표정을 지으며 다가오려 들었고, 뱀은 가만히 서서 그들의 손길을 받아들였다.

"사육과 조련을 원하진 않았다. 내가 꾀한 것은 공존이었지. 하지만 내 생각과는 조금 다르게 되더구나."

사냥꾼은 더 이상 뱀을 사냥하려 들지 않았다. 산에 살아가는 사람들은 깊은 산속의 거대한 뱀을 영물이라고 떠들었고, 혹자는 산의 수호신이라고까지 말했다.

"인간들이 더 이상 나를 사냥하지 않게 되었어도, 나는 하던 일을 계속했다. 그게 즐겁지는 않았지만, 해서 나쁠 것은 없다고 생각해서였다. 그들이 나를 어찌 부르는지는 그 당시에는 알 수 없었어도, 내가 인간을 구하기 시작하면서부터 내 행동이 편해진 것은 확실한 일이었다."

인간들의 시선을 조심히 여기지 않게 되었다. 대놓고 산길을 기어 다녀도 돌을 던지거나 비명을 지르지 않았다. 오히려 고개를 숙이며 공경을 보냈다.

"그렇게 꽤 오래 살았지."

재생의 뱀은 그때를 떠올리듯 천장을 올려보았다.

"뱀으로서의 수명을 넘어서, 아주 오래 살았다. 그만한 시간이 흐르면서, 내 몸은 더 커지지는 않았어도 지식은 깊어졌다. 나는 인간의 말을 모두 이해했고, 그들이 나를 무어라 부르는지도 알았다."

산의 수호신.

"산에는 날 섬기는 사당이 지어졌다. 인간들은 자신이 어찌할 수 없는 자연재해 따위를 겪을 때마다 내 사당에 와서 기도하고, 산 제물을 바쳤다."

"산 제물?"

"말 그대로다. 다양한 인간들을 받아먹었지. 대부분이 어린 아이와 처녀기는 했지만."

산이라고 해서 세상의 격동과 동떨어져 있지는 않았다. 산의 인간들은 세상일과 엮이고 싶지 않아 했으나, 그럴 수는 없었다.

어느 세상이나 그렇다. 인간은 배가 불러도 만족을 모르고 더 바란다. 그 탐욕이 가장 과격하고 폭력적으로 발현되는 것이 바로 전쟁이다.

"날 섬기는 인간들은 자기들이 전화(戰火)에 휩쓸리지 않게 기도했지."

재생의 뱀이 혀를 날름거렸다.

"자기들의 일상을 위협하는 자들을 벌해달라고 말했다."

거절할 이유가 없었다. 되려 재생의 뱀은 즐겁게 그들의 요구를 받아주었다.

그녀는 나고 자란 산을 마음껏 헤집으며, 산에 들어온 군대를 유린했다.

재생의 뱀에게 통째로 삼켜지는 병사들은 그녀의 배 속에서 녹아가며 산의 저주, 악신이라고 비명을 질렀다. 산에 사는 주민들은 재생의 뱀을 수호신이라 경배했다.

"그렇게 수백 년이다. 몇 번의 전쟁에서 몇 번이나 나는 그렇게 했지."

그저 크게 태어났을 뿐인 뱀이, 신앙을 받으며 수백 년을 살았다. 더 이상 그건 뱀이라 말할 수 없게 되었다. 이미 뱀은 영물이었다.

"날 섬기는 신앙도 제법 구색이 갖춰졌지. 내 영향력은 산 하나로 끝나지 않게 되었다. 그 지역 일대에서 나란 존재는 이미 오래된 토착 신앙의 주인이 되었고, 사당은 제법 커다란 신전으로 바뀌었다."

귀찮음이 늘었다. 하지만 싫증을 내지는 않았다. 영물이 되며, 재생의 뱀은 인간의 신앙이 자신에게 나쁠 것 없이 작용한다는 것을 알게 되었다. 존재의 격이 오르면서 누가 알려주지도 않은 것들을 자연스레 깨치게 되었다.

"하나 신격이 되는 것은 쉽지 않았지."

너무 오래 살았다. 미물인 뱀으로 태어나 영물이 되고, 신격을 목전에 두면서까지. 뱀은 토지 일대의 토착 신앙의 주인이었다.

그들은 재생의 뱀의 기원을 산의 수호신이라 두었다. 농사의 흥망을 관장하고, 역병을 근절하며, 외적의 침략에서 자기들을 보호하는 수호신.

하나 외지인들에게 있어서 재생의 뱀은 끔찍한 흉신이었다. 몇 번의 전쟁에서 군대를 집어삼킨 뱀은 사악한 악신으로 기록되었고, 세월이 흐름에 따라 역사의 기록은 보다 흉악하게 부풀려졌다.

"그 모든 것들이 내 신앙이었고, 나를 신격으로 완성시켜 갔지. 수호신과 악신. 정반대라지만 문제될 것은 없었다. 오히려 그 양면성이 내 신격을 강력하게 만들었다. 하나 너무 과했던 것이 문제였을 뿐이다."

미물이 추앙받아 영물이 되고, 신격이 되는 것은 흔한 일은 아니지만 아주 없지는 않다. 특히 미물인 뱀은 영물이 되어 이무기가 되고 끝내 용이 되는 경우도 있다.

하지만 재생의 뱀은 용이 되기 위한 수행은 하지 않았다. 그녀는 오직 신앙만으로 신격이 될 조건을 갖추었다.

긴 세월 살아온 육체와 독. 특히 독은 재생의 뱀의 자랑이었다. 수호신으로서 역병을 수호하던 재생의 뱀은 셀 수 없이 많은 병자를 삼키고, 악신으로서 받아온 원망과 저주마저 독으로 승화시켜 품었다.

그것뿐이었다. 용이 되기 위한 심도 깊은 수행? 하지 않았다. 마법이나 주술? 하지 않았다. 뱀은 그런 가르침을 필요로 하지도 않았고, 뱀에게 그런 것들을 가르칠 이도 존재하지 않았다.

그러니 조율이 되지 않는다. 현자의 돌이나 마신과의 계약같은 이례적인 경우가 아니고서야, 신격이 되기 위해서는 마땅한 업과 수양이 필요했다.

"비대해진 몸뚱이를 조율하기 위해 몇 번이고 허물을 벗었다. 그것은 영물에 그친 몸뚱이를 초월해, 격에 어울리는 몸을 새로이 이루기 위한 과정이었다."

그저 담아두기만 했을 뿐인 독을 신격의 근원으로 삼았다.

긴 시간이 지났을 때, 뱀의 몸뚱이는 허물로 완전히 벗겨졌고 뱀은 신격이 되었다.

수십 수백 번 허물을 벗어가며 새로이 태어나는 모습을 보며 그녀의 신자들은 섬기는 토착신의 신명을 재생의 뱀이라 불렀다.

"나는 그렇게 완성되었지. 벗어둔 허물은 내게 있어서 벗어둔 옷가지와 다를 것 없었다. 내 신도들은 그 허물을 외적의 침략을 수호하기 위한 상징으로 세우는 것이 어떻겠느냐 간언했고, 나는 그러라고 말했다. 사실 별생각도 없었다."

그것이 시작이었다. 축 늘어진, 거대한 뱀의 허물. 인간들은 그 허물의 안에 많은 것을 채워 넣었다. 산짐승의 시체와 역병 걸려 죽은 시체.

죄를 범해 참수당하거나 사지가 끊겨 죽은 죄인. 뭣 모르고 침략하여 돌팔매질을 당해 죽은 외지인. 그들은 잘게 다진 고깃덩이가 되어, 느리게 썩어가도록 처리되어 허물의 안을 채웠다.

시체를 살로 한 뱀의 형상이 영지의 바깥에 세워졌다.

"그때만 해도 그건, 단순히 형상에 지나지 않았다. 하지만 시간이 지나 썩어가고, 악취가 풍기고, 채운 살덩이를 빼내고 새로운 살덩이를 채워가고. 날 섬기지 않는 자들이 그 형상을 공포로 여기는 것이 계속되어."

사람들은 뱀의 형상을 악신의 분신이라 여겼다.

"놈이 월드이터인 게다. 내가 벗은 허물. 내가 필요 없어서 버린 찌꺼기. 날 섬기는 신앙의 찌꺼기, 그중에서도 추악하고 지저분한 것만을 받아먹으며 태어난 놈이지. 놈이 움직이기 시작했을 때, 나는 신격으로 완성되어 직접 나설 수 없게 되었다. 불쾌감에 놈을 토벌하라 명했지만, 크크! 놈은 사냥당하는 것이 두려워 도망쳐 버렸지."

재생의 뱀을 섬기는 지역에서 도망치고, 월드이터는 제 나름대로 신격이 되기 위해 발악했다.

허물에서 태어난 놈은 재생의 뱀과 같은 독을 갖지도, 쓰지도 못하는 놈이었다.

"놈은 뱀이되, 뱀이 아니었다. 그냥 뱀 형상을 한 괴물일 뿐이었다. 놈이 할 수 있는 것은 그냥 먹고 또 먹어서, 덩치와 힘을 키우는 것뿐이었지."

하지만 그것만으로도 사람들에게 재앙으로 여겨지기는 충분했다.

"어비스에서 놈을 다시 만났을 때, 놈은 날 삼키려 들었다. 제 분수도 모르고 말이야. 하지만 난 놈을 삼키고 싶지 않았단다. 이미 필요 없기에 버린 것, 추잡하기 짝이 없는 찌꺼기를 삼켜 무엇 할까? 녹여 죽여줄까 했지만 발악하는 꼴이 보기 우습기도 하여 내버려 두었지."

그때 죽였어야 했는데. 재생의 뱀이 눈을 찡그리며 중얼거렸다.

"이게 무어라고 생각하느냐?"

재생의 뱀은 다리 사이에 내려놓은 수정 사과를 턱짓으로 가리키며 물었다.

"……독?"

"정확히 말하자면 내 독의 정수지."

"꽤 작네요?"

"크기가 중요한 것은 아니니 말이다. 이것의 한 방울도 되지 않는 양으로도 나라 하나는 우습게 녹여 버릴 수 있을 게다."

재생의 뱀이 코웃음 치며 말했다.

수정 사과 안에는 검은 독기가 회오리치고 있었다.

"어비스에 들어오고, 월드이터를 만나고. 나는 신중해 나쁠 것은 없겠다고 생각했다. 토착신으로 섬겨진 내 평생의 상당수는 금욕과 절제였고, 내가 가장 즐겁게 날뛰었던 순간은 악신으로서 날뛰던 시절이었단다. 신격이 되고서는 더더욱 금욕할 수밖에 없었지. 하지만 어비스에서는 그럴 필요가 없잖느냐? 이곳의 유희는 가히 천상의 것이라 할 만했다. 나는 더 많이 즐기고 싶었고, 쉬이 죽어 끝내고 싶지도 않았지."

그래서 허물을 벗어 마가라를 만들었다. 신격의 근원이라 할 수 있는 독의 정수마저 분리했다.

만약 본신이 죽는다면, 재생의 뱀은 분리한 독의 근원과 함께 마가라의 몸에서 눈을 떴을 것이다. 죽어도 죽지 않는 것. 허물을 벗어가며 태어나던 재생의 뱀이란 신명에 걸맞다.

"죽지도 않았는데 이런 꼴이 된 것은…… 월드이터와 나 사이의 연결 고리 때문이란다."

"아직 그걸 잘 모르겠는데. 대체 무슨 연결 고리죠?"

"한때 하나였다는 것."

불쾌하지만 말이다. 재생의 뱀이 눈썹을 찡그리며 중얼거렸다.

"완전히 버렸다고 생각했지만 그렇지 않았던 게지. 결국 내 근원은 뱀이고, 놈은 허물, 아니, 내 근원이었던 뱀 자체다."

물론 그것만으로 재생의 뱀을 이런 꼴로 영락시킬 수는 없다. 하나였다고는 해도 예전의 일이며, 그러한 연결 고리가 있다고 해도 지금의 재생의 뱀과 월드이터는 명백하게 다른 존재다. 하물며 지금의 월드이터는 자아가 소멸되어 몸뚱이만 남은 입장이다.

"역천자가 어떻게 이런 일을 한 것인지는 모르겠지만."

재생의 뱀이 눈을 찡그렸다.

"놈은 월드이터를 통해 날 통째로 삼키고 싶었던 모양이야."

8장
시트러스

검무희의 심상에서 보았던 풍경이 떠올랐다.

어비스의 이면. 혼돈이 가득 차 새카만 어둠. 그곳 어딘가에 역천자의 근거지가 있다.

그는 셀 수 없이 많은 촛불의 한가운데에서 앉아 있었다.

그 이후.

지금 필요한 장면은, 검무희가 역천자를 만난 다음이다. 역천자의 축객령에 밀려나던 검무희가 보았던 것들. 변견을 자처한 헌드레드가 올려보며 군침을 삼키던.

혼돈으로 가득 찬 하늘 높은 곳에 떠 있던 월드이터. 놈은 창천을 떠도는 용처럼, 혼돈으로 새카만 하늘 한복판에서 부유하고 있었다.

그것에 더해야 할 것.

불과 얼마 전에 만나 이야기를 나눈 하이로드.

'퓨어 세인트는 그것이 오래된 사법이라는 것을 간파했죠.'

'계약의 주체가 역천자는 아닐 것 같지만, 사법의 목적은 사악한 신앙을 통해 악신을 만드는 것이라 했습니다. 그들이 벌이는 악행, 그로 인한 공포. 그 모든 것이 허구의 신앙이 되고, 충분히 무르익었을 때 존재하지 않은 신격이 존재하게 되는 겁니다.'

'팔로워가 섬기는 신격은 존재하지 않습니다. 하지만 그들이 강력한 믿음을 보내고, 그들의 악행이 커다래질수록. 그로 인해 존재하지 않았던 신격이 새로이 탄생한다는 말입니다.'

그 이야기를 들었을 때만 해도, 월드이터를 연관 짓지는 않았다.

하지만 마룡왕에게 가해진 습격과 재생의 뱀에게 일어난 일.

월드이터의 근원. 놈은 재생의 뱀이 벗어버린 허물에서 태어났고, 재생의 뱀의 영지를 떠나 닥치는 대로 무언가를 먹어치워 가며 격을 갖게 된 악신이다.

'헌드레드는 팔로워가 맺은 계약의 주체가 아니야.'

단순히 권능을 빌려줄 뿐. 만약 헌드레드가 계약의 주체라면, 악몽의 결정자가 그것을 알아차리지 못했을 리가 없다.

하이로드도 말하지 않았나. 팔로워의 계약에서 섬기는 신격은 존재하지 않는다. 그들의 신앙은 허구이며, 존재하지 않는 신격을 새로이 탄생시키는 것에 쓰일 뿐이다.

아무리 월드이터가 한때 재생의 뱀과 하나였다고 해도, 월드이터 쪽이 재생의 뱀을 집어삼키는 것은 불가능하다. 그것에 대해서 재생의 뱀은 '어떻게' 이런 일을 한 것인지는 모르겠다고 말했다.

확실한 것은 역천자가 월드이터에게 무언가를 하고 있고, 마룡왕을 공격했을 뿐만 아니라 재생의 뱀을 통째로 삼키려 들었다는 사실이다.

흩어진 정보들을 하나로 연결해 본다.

계약의 주체가 월드이터인가? 그건 아니라고 본다. 하지만 그 계약으로 허구의 신앙을 거둬들여 악신을 만드는 것과 혼돈 속에 떠 있던 월드이터는 무관하다 생각되지 않는다. 역천자는 월드이터를 '사용해' 무언가를 하려 들고 있고, 그 과정에서 재생의 뱀을 삼키려 들었다.

만약 재생의 뱀이 신격의 근원이라 할 수 있는 독의 정수를 따로 분리해 두지 않고, 허물을 벗어 마가라를 만들어두지 않았다면. 재생의 뱀은 저렇게 영락한 모습으로나마 존재하지 못했을 것이다.

"월드이터가 마룡왕을 습격했었어요."

백현은 생각을 계속 이어나가며 입을 열었다. 재생의 뱀은 눈을 동그랗게 뜨고 놀란 표정을 지었다.

백현은 월드이터가 마룡왕을 어떻게 습격했는지에 대해 알려주었다.

"개자식이로군."

재생의 뱀이 눈을 찡그리며 내뱉었다.

"독의 정수를 분리했다고는 하지만, 전체를 분리해 낸 것은 아니란다. 저 몸뚱이에도 적지 않은 독이 남아 있지. 놈은 그걸 뽑아 쓴 게야."

"그게 가능해요?"

"가능하다마다. 내 몸을 통째로 삼키려 한 놈이다. 완전히 먹히기 전에 마가라에 의식을 전생시키고, 내 몸뚱이와 사굴 전체를 잠들게 하였지만. 몸 안의 독을 마음껏 끌어 쓰는 것은 못 할 것도 없지."

재생의 뱀은 그렇게 내뱉으며 정수아를 향해 홱 고개를 돌렸다.

"이리 와라."

"네, 네?"

"오라고 했다, 이 멍청한 것아. 너까지 빼앗기기 전에 아예 계약을 새로 해야겠으니."

재생의 뱀이 신경질적으로 고함을 질렀다.

정수아는 어깨를 움츠리며 주춤주춤 재생의 뱀에게 다가갔다.

"이제 와서 하는 것이 의미가 있어요?"

"계약은 몸뚱이가 아닌 '나'와 연결된 것이야. 내가 저리되었다고 계약이 말소되거나 역천자에게 빼앗기지는 않는다."

재생의 뱀이 내뱉었다.

하긴. 계약이 말소되었다면 정수아는 사도의 힘을 잃었을 것이고, 빼앗겼다면 어떤 식으로든 역천자가 간섭했을 것이다.

"떨거지들의 계약은 마가라의 몸으로 옮기면서 새로이 갱신했다. 조심해 나쁠 것은 없으니 말이야. 하지만 사도의 계약은 특히 중한 것이라 직접 해야 할 뿐이란다. 단말도 갱신해야 하고."

재생의 뱀이 정수아의 머리를 붙잡았다.

정수아는 작은 소녀의 모습이 된 재생의 뱀을 보며 꼴깍 침을 삼켰다. 얼굴이나 모습은 어려진 덕에 깨물어주고 싶은 만큼 귀여운데, 말버릇이나 태도는 여전히 고압적이다.

그래도 참 이상한 일이었다. 재생의 뱀의 본래 모습으로 욕을 먹는 것보다, 저 어린 모습으로 욕을 먹는 것이 기분이 나았다. 겉모습이 귀여워서인가?

"악!"

그런 생각을 하다가, 정수아는 놀라 비명을 질렀다. 재생의 뱀이 대뜸 양손으로 정수아의 양 뺨을 철썩 때린 탓이었다.

"왜, 왜 때리세요?"

"네가 꼴같잖은 생각을 했기 때문이지!"

그새 단말을 갱신한 모양이다.

재생의 뱀은 아직도 분이 풀리지 않았는지 정수아의 머리채를 붙잡았다. 정수아는 악 비명을 지르며 허리를 숙였다.

재생의 뱀은 여전히 침대 위에 누워서 정수아의 머리채를 잡아당기며 흔들었다.

"이 어설픈 예식 허물을 두르고 있는 것도 짜증 나는데! 사도라고 있는 것이 신격을 보필할 생각은 못 할망정, 무엄한 생각을 해대며 신격을 우습게 여겨?!"

"악! 악! 그게 아니라! 진짜 귀여워서!"

재생의 뱀이 팔을 휘두르는 방향으로 헤드뱅잉을 하던 정수아가 비명을 지른다.

한참을 그렇게 분을 풀던 재생의 뱀은, 손가락에 가득 엉킨 머리카락을 털어내면서 정수아를 노려보았다.

"후우!"

재생의 뱀은 아직 분이 남은 듯 크게 숨을 내뱉고서, 침대에 누운 본신의 입을 벌렸다. 그러고는 그 안을 들여 보며 혀를 찼다.

"독이 하나도 안 남았군. 개 같은 것, 감히 내 역사라 할 만한 것을 쥐도 새도 모르게 훔쳐가?"

"그 몸은 그냥 내버려 둬도 되는 거예요?"

"이미 빼앗길 것은 죄다 빼앗겼다."

벌렸던 입을 신경질적으로 닫고, 재생의 뱀은 침대에 털썩 앉았다.

"일 년 만에 재회한 네게 못 보일 꼴만 보였구나. 그래서, 너는 이제 어쩔 셈이냐?"

"슬슬 가봐야죠."

"어디로?"

백현은 어깨를 으쓱거리며 대답했다.

"아마존이요."

"……아마존? 오빠도 가려고요?"

재생의 뱀의 권속이 다른 권속들보다 압도적으로 우월한 것은, 신격의 신명에서도 노골적으로 드러나는 '재생력'이다.

뿌리째 뽑혀 버린 모근도 어느새 머리털이 돋아나고 있었다. 그걸 다행이라 여기던 정수아는 놀란 눈으로 백현을 쳐다보며 물었다.

"안 갈 이유가 없지. 내 볼일이 죄다 거기 있잖아."

서민식과 템페스트. 팔로워, 헌드레드, 역천자, 마타도르.

역천자와 획책하고 퓨어세인트가 다리를 걸친 허구의 신앙도 아마존에 가면 제대로 꼬리를 잡을 수 있을 것이다.

사실 용성군의 문제가 남기는 했지만, 백현은 그 일에 더 나설 생각은 없었다. 이미 마룡왕에게 이야기를 해두었다. 그 일은 백현보다는 당사자인 마룡왕에게 맡겨두는 편이 옳을 것이다.

'아쉽기는 하네.'

신격과 싸워볼 절호의 기회라고 생각했는데.

아니, 그것도 아닌가. 용성군은 제대로 된 신격이 아니다. 용옥을 통해 신격을 대행받고 있을 뿐.

그렇게 생각하니 관심이 노골적으로 시들어 버린다. 용성군이 얼마나 강한가를 떠나, 그다지 싸우고 싶다는 생각이 들지 않았다. 혈사자 때문이었다.

'못 이겼지.'

복수전을 치르는 것도 불가능하다. 혈사자는 소멸했다.

백현은 새삼 혈사자가 인정할 수밖에 없는 적이었다는 것을 자각했다. 놈은 무령이나 천존처럼 분수에 맞지 않는 격을 갖춘 신격도 아니었고, 용성군처럼 위선적이지도 않았다.

생각해 보면 혈사자의 흠이라 할 만한 것은 사도가 카르파고였다는 것뿐이었다.

그리 생각하니 마타도르가 영 마음에 들지 않는다. 놈들은 이미 소멸한 혈사자의 얼굴에 똥칠을 해대고 있었다.

"잘 됐구나."

재생의 뱀이 고개를 끄덕거리더니 정수아를 노려보았다.

"너는?"

"저도 가고는 싶은데……."

정수아가 울상을 짓는다.

아마존으로 가고 싶은 것은 사실이었다. 한국의 정세에 휘말리는 것보다는 그 오지에서 날뛰는 것이 훨씬 마음이 편할 것이다.

하지만 가고 싶어도 갈 수가 없었다. 서민식이 아마존에 간이상, 한국 정부는 자국을 수호하는 유일한 사도인 정수아를 놓아주지 않을 것이다.

"멍청한 것."

"뭐라 하시는 건 이해하지만 어쩔 수 없어요."

"뭐라 안 한다. 네가 그런 미련한 성격이라는 것을 알고 사도로 삼은 것이니. 줏대 없이 흔들리는 것보다야 낫지."

재생의 뱀은 투덜거리면서 백현을 쳐다보았다.

"이거 하나는 약속해 줄 수 있겠느냐?"

"뭘요?"

"만약 그곳에서 역천자를 만난다면."

재생의 뱀이 얼굴을 일그러뜨리며 내뱉었다.

"내 대신 놈의 불알을 으깨다오."

"아니 뭘 그런 부탁을……."

"좋아요."

정수아는 질색이란 표정을 지으며 눈을 찡그렸지만, 백현은 방긋 웃으며 고개를 끄덕거렸다.

"제가 그거 하나는 기가 막히게 잘하거든요."

말만 그리하는 것이 아니라, 정말 자신이 있었다.

"혼자 갈 거야?"

달그락거리는 식기 소리.

백현은 식탁 의자에 앉아 사라의 뒷모습을 쳐다보고 있었다. 뒤로 묶은 긴 머리가 움직일 때마다 말꼬리처럼 찰랑거린다. 뒤로 돌려 리본 매듭을 만든 앞치마 끈과 함께, 찰랑찰랑.

그런 모습은 아직 보기에 낯설었지만 잘 어울렸다. 도원경에서부터 쭉 보았던 사라를 생각하면, 저렇게 부엌에서 저녁 식사를 준비하는 모습은 전혀 이어지지 않는데. 그런데도 잘 어울린다는 생각이 든다.

모델이 좋아서일까, 아니면.

'분위기가.'

사라는 까탈스럽다. 투덜대고, 질투가 많다. 칭얼대는 일도 잦다. 감정적으로 불안전하다.

그건 직접 겪어서 알고 있었고, 유운려에게도 사정을 들었다. 백현이 아는 사라의 모습은 언제나 그랬다.

낯선 이유는 그것이다.

부엌에 서서 요리하는 사라의 모습은, 백현이 아는 그 어떤 기억과도 매치가 되지 않는다.

"아니. 같이 가려고."

"난 별 도움이 안 될지도 몰라."

사라가 대답했다.

아마존에 간다는 말을 하고서 한참 뒤에야 대화가 이어지고 있었다.

처음 그 말을 했을 때, 사라는 대답 대신에 배가 고프지 않으냐 물었다. 재생의 뱀의 영지에서 무슨 일이 있었느냐고도 캐묻지 않았다.

배가 고프냐길래 응, 이라고 대답했다. 그러자 즉시 부엌에 가서 저녁 식사를 준비하기 시작했다.

"일 년. 열심히 하기는 했는데, 너만큼 강하지는 않을 거야."

"그래도 두고 가고 싶지는 않은데."

"왜?"

"너무 오래 기다리게 해서."

"가면, 또 오래 걸릴까 봐?"

"어쩌면 그럴지도 모르지. 그런데, 그래도, 그냥…… 널 두고 가는 게 싫어."

백현은 어색한 웃음을 지으며 말했다. 그 대답에 사라가 키득거리며 웃는다.

다른 분위기. 여전히 낯선. 부엌에서 요리를 만드는 사라는 평화롭게 느껴진다.

"아까부터 자꾸 헷갈리게 하네. 나 너 좋아하는 건 알지?"

"너한테 직접 들었었지."

"응, 네가 선계에서 돌아왔을 때. 그전에도 티는 많이 냈었지만."

"설마 그럴 거라고는 생각을 못 했던 거지."

"지금도 그래. 너 없는 동안 진짜, 많이 힘들고…… 뭐, 그랬어. 그래도 말이야. 네가 혼자 간다고 하면, 난 아마 널 잡지는 않을 거야."

탁탁탁.

칼질 소리가 똑같은 높이의 소리를 내며 이어진다.

"내가 붙잡을 때, 네게 거절을 듣는 게 싫거든."

"혼자 간다고 말 안 했어."

"두고 가는 게 싫어서?"

"응."

"그래서 헷갈린다는 거야. 넌 나 안 좋아하는 거 아니었어?"

"싫다고 말한 적 없어."

"좋아한다고도 안 했지."

백현은 쓰게 웃었다.

"일 년…… 아니, 네게는 일주일이었지. 넌 말이야. 나……

보고 싶다거나, 그러지 않았어?"

"보고 싶었어."

조용히 묻는 질문에 곧바로 대답해 주었다.

칼질 소리가 뚝 멈췄다.

"나 진짜 죽는다는 걸 알았을 때. 왜, 주마등이라고 하잖아. 살았을 때의 기억이 확…… 그때 말이야. 내가 마지막에 떠올린 게 뭐였는지 알아?"

"뭔데?"

"네 얼굴."

말하니 괜히 민망했다.

백현은 의자를 뒤로 기울이며 헛기침을 했다.

"이상하게 네 얼굴이 진짜, 확 떠오르더라. 그것도 엄청 세세하게. 네가 어떻게 생겼고……."

"바보."

탁, 탁.

다시 칼질 소리가 이어졌다. 아까와는 다르게, 소리는 똑같지 않고 높낮이가 제각각이었다.

"후회도 많이 들었지. 예전에 했던 말, 기억해?"

"……무슨 말?"

"왜, 메데인에서부터. 내가 아는 너는, 도원경에서의 네가 처음이야. 설화봉 님께 너에 대해 듣기는 했지만, 네 입으로 들은 적은 없었지."

언젠가 같이, 밥이나 술을 함께 먹으면서 이야기를 해보자고 말했다. 대수롭지 않게, 그냥 별것 아닌 잡담처럼.

"무서웠거든."

칼질 소리가 여전히 흔들린다.

"네가 날 불쌍히 여기는 것도 싫고."

"그런 일 없어."

"네가 날 경멸하는 것도 싫어."

"민식이랑 똑같은 얘기 하네. 내가 말 몇 마디 들었다고 경멸할 것 같아?"

"아니, 안 그럴 거 알아. 그냥…… 이건, 자기혐오 같은 거야. 네가 어찌 생각하느냐랑 상관없어. 내가, 그냥, 내가 싫은 거야."

"그러면 문제없네. 난 너 안 싫어할 거거든."

서민식도 마찬가지다. 놈이 뭔 말을 하든 간에, 백현은 절대로 그를 싫어하지도, 경멸하지도 않을 것이다.

"……그래?"

칼질 소리가 멈췄다.

사라는 크게 숨을 삼키더니 휙 몸을 돌렸다. 그리곤 잠시 백현을 쳐다보았다.

눈동자가 살살 떨린다. 호흡은 가다듬지만, 귀가 붉다.

사라는 백현을 빤히 보다가, 보란 듯이 크게 숨을 삼켰다.

"잘 들어."

"듣고 있어."

"나, 나 말이야."

꿀꺽.

침을 삼키는 소리가 크게 났다.

"지금 너한테 뽀뽀할 거야."

"……뭐?"

"아, 아니, 키스."

방금 전까지만 해도 귀만 붉었는데. 이제는 얼굴 전체가 붉어지고 있었다.

"혀, 혀는 안 넣을 건데. 어…… 그러면 키스가 아니라 뽀뽀인가……?"

"야, 야, 잠깐. 갑자기 왜?"

"만에 하나라도 네가 날 싫어할 수도…… 있으니까. 미리 해 두려고."

"아니, 이해가 안 되는데. 그거랑 키스랑 뭔 상관……."

"심장 터질 것 같으니까 키스라고 하지 마. 이건 그냥 뽀뽀야."

뽀뽀, 뽀뽀. 사라가 주문처럼 중얼거렸다. 당연히, '뽀뽀'를 발음하는 입술은 작게 오므려져 살며시 앞으로 튀어나온다.

사라는 결의를 세우고서 성큼거리며 백현에게 다가왔다. 여전히 그녀는 뽀뽀를 중얼거리고 있었다.

"야, 일단 진정……."

"피하면, 네가 날 싫어한다고 생각할 거야."

이 무슨 비겁한 협박인가.

백현은 얼이 빠져서 사라를 쳐다보았다. 어느새 사라는 코 앞까지 다가와 있었다.

휙 하고 머리가 내려왔고 사라에게서는 지난번에 맡은 것과는 다른, 상큼한 과일향이 났다.

'아, 시트러스.'

그 향이 무엇인지는 백현도 알고 있었다.

남들은 빠르면 유치원 때 한다는 뽀뽀.

27살, 도원경에서의 시간을 더해 정신 연령 47살의 첫 뽀뽀는, 상큼한 시트러스 향이었다.

기교라고는 찾아볼 수 없었다. 그냥 힘으로 꽉 누르는 것에 지나지 않았다.

사라는 질끈 감고 있던 눈을 슬며시 떴다. 정말 코앞, 아니, 코가 맞닿아 눌리는 거리에서 백현이 두 눈을 멀뚱거리고 있었다.

그렇게 눈이 마주치자, 사라는 일단 다시 눈을 감았다. 어정쩡하게 둔 양손을 어찌해야 할지 잘 모르겠다. 드라마나 영화 같은 것으로 몇 번이나 본 광경이고, 만약 나중에 내가 직접 하게 된다면 어떻게 해야겠다- 라고 생각은 숱하게 했었지만.

항상 그런 법이다. 아무리 열심히 생각하고 시뮬레이션해봤자, 실제로 해보면 생각처럼 안 된다. 결국 인생은 실전이다.

어쩔 줄 몰라 하는 것은 백현도 마찬가지였다.

백현은 양손을 다소곳이 무릎 위에 올려서, 두 눈을 멀뚱거리며 바로 앞에 있는 사라를 보았다. 자그마한 사라의 얼굴이 지금은 한눈에 들어오지 않았다.

상큼한 시트러스 향이 강하게 풍긴다. 맞닿아서 꽉 눌린 입술의 감촉도 강하게 느껴졌다. 말랑하고, 따뜻하고…….

'……딱딱해…….'

입술이 너무 눌려 뭉개진 탓이다. 이쯤 되면 서로의 입술 안쪽 치아가 얼마나 단단한지를 겨루는 것 같다.

적어도 이것 하나는 확실했다. 사라는 건치였다. 그리고 또.

심장이 너무 크게 뛴다. 이럴 때도 이렇게 뛰는구나 싶을 정도로. 싸움의 흥분과는 전혀 다른 두근거림이었다.

닿은 입술이 떨어진다. 그 순간에, 백현은 자신도 모르게 손을 들어 사라를 잡을 뻔했다. 그러기 전에 화들짝 놀라 손을 멈추었다. 사라도 움찔 놀라서 백현을 내려 보았다.

이게 무슨 기분이더라?

'아.'

아쉬움이다.

백현은 꿀꺽 침을 삼키며 사라를 올려 보았다. 사라의 얼굴은 당장에라도 터질 것처럼 붉었다. 아직 입술에 남은 감촉이 그녀의 정신을 혼미하게 만들었다.

사라는 폴짝 뛰듯 뒤로 물러서며 내뱉었다.

"왜, 왜 눈 안 감아?"

"어……?"

"눈, 눈 말이야! 왜 안 감았어? 감아야 되는 거 아니야?"

"꼭 감아야 되는 거였어?"

"다들 그렇게 하잖아!"

"그런가? 난 해본 적 없어서 감는 줄 몰랐지."

'내 목소리가 원래 이랬나?'

백현은 어흠 헛기침을 하고서 대답했다.

"……왜 안 피했어?"

"피하면 싫어한다고 생각하겠다며."

자기가 협박처럼 말하고, 그렇게 해버렸으면서 저렇게 묻는 것은 또 무슨 심보인가?

백현은 이상하게 화끈거리는 얼굴을 의식하며 대답했다. 거울이 없으면 자기 얼굴을 직접 볼 수 없다는 신체 구조가 새삼 원망스레 느껴졌다.

"그것뿐이야?"

"네가 날 싫어하는 것도 싫고, 그렇다고 내가 널 싫어하는 것도 아니야. 오히려 난 널 좋아하지. 생각도 많이 했고. 너처럼 그렇게, 강렬한 감정이라고는 말 못 하겠지만."

"아무렇지 않게 사람 가슴에 비수를 꽂네."

"거짓말은 하고 싶지 않으니까. 난 이런 감정이 낯설고, 인연도 없었어. 옛날이라면 모를까. 도원경에서 나왔을 적에는 평생 이런 감정으로 고민할 일은 없을 거라고 생각했다고."

"그러시겠지. 그때 너는 그냥 미친놈이었으니까."

"어쨌든, 그래서 나도 잘 모르겠다고. 난 너 좋아하고, 너랑 뽀뽀하고 싶고, 뭐, 어쩌면, 어, 그보다 더."

이건 말 안 하는 게 낫겠다. 뒤늦게 그렇게 생각해서 입술을 닫았지만, 사람에게는 상상력이라는 것이 있다. 특히 저렇게 말을 하다가 말아버리면, 그다음 내용을 상상하게 되는 것이 자연스러운 일이다.

"벼, 변태 새끼."

제멋대로 파렴치하고 망측한 상상을 하며, 사라는 더듬거리면서 내뱉었다.

평소 같았으면 억울하다 항변했을 백현이지만, 지금은 양심상으로라도 그럴 수가 없었다. 백현이 오히려 민망하다는 듯 입술을 다물어 버리자 사라의 눈동자만 요동쳤다.

"어, 어쨌든."

사라가 급히 내뱉었다.

"예전에 물어봤을 때 들었던 대답보다는 어마어마하게 발전했네. 그건 참 잘된 일이야."

"그러게……."

"대답이 애매한 건 마음에 안 들지만."

사라는 그렇게 투덜거리면서 백현의 맞은편 의자를 빼고 앉았다.

"너. 나 말고 좋아하는 사람 있어?"

"……사람?"

"좀 말하면 적당히 들어 처먹으란 말이야. 사람이든 아니든, 여자! 만약에, 만약에라도 남자라도 있으면 말……."

"남자는 아니야."

"여자이기는 하다는 거네? 이 개자식."

사라의 눈에 쌍심지가 켜진다. 백현을 찔끔해서 목을 움츠렸다.

야화라고 불러달라 말하던 목소리가 머리를 떠돈다. 아직 코끝에 남은 시트러스 향 너머에, 무너지듯 품에 안기던 순간에 맡았던 야화의 체취가 나는 것 같았다.

"네 품에 안겨 울었던 그 여자냐?"

"뭐, 뭐?"

"마룡왕이구나! 그럴 줄 알았어, 그 여자한테 처맞았던 것이 그렇게 좋았어? 그 순간 반해 버린 거냐!"

마룡왕과 만나고 왔을 때는 정작 아무 말도 하지 않았는데. 이제 보니 전부 알고서도 말하지 않고 있던 모양이다.

사라는 심통 난 표정으로 백현을 노려보다가 휙 손을 들었다.

"여기서 내가 너 싸대기를 확 갈겨 버리면, 나한테 더 반하는 거야?"

"그러겠냐?"

"안 그러겠지."

사라는 한숨을 푹 내쉬면서 들었던 손을 내려놓았다. 그러고는 입술을 삐죽 내밀고 팔짱을 꼈다.

"……난 말이야, 질투가 되게 많아."

"굳이 그렇게 말해주지 않아도 잘 알고 있어."

"어쨌든 말이야. 난, 심할 정도로 많다고. 어릴 때는 가뜩이나 애정 결핍이었고 스트레스받을 일도 많았어. 난, 내 걸 뺏기는 것이 진짜, 진짜 싫어."

내뱉는 목소리가 떨린다.

"……그것만은 알아둬. 넌 너니까, 내 거라고 못까지 박고 싶지는 않아. 마룡왕이 인간이건 괴물이건 상관없어. 나랑 비교가 안 될 정도로 세서, 네 마음을 확 흔들었다 해도 상관없다고. 네가 너무 흔들리다 못해 그만 그쪽으로 넘어져 버려도 상관없단 말이야. 그러니까."

숨도 쉬지 않고 그렇게 내뱉고 나서야 사라는 크게 숨을 삼켰다.

그녀는 잠시 동안 입을 다물고 호흡을 가다듬었다. 백현은 아무런 말도 하지 않고 사라의 말을 기다렸다. 보이는 모든 것들이 떨리고 있었다. 눈동자도, 입술도, 어깨도.

"……그렇게 되어도, 날 버리지 마."

"바보냐."

어이가 없어서 웃음이 나왔다.

백현은 아직까지 다소곳이 무릎 위에 올려두었던 손을 테이블 위로 뻗었다. 사라의 손은 잔뜩 겁에 질린 어린아이처럼 떨고 있었다.

"내가 널 왜 버려? 내가 미쳤어?"

사라는 아무런 말도 하지 않았다.

백현의 손이 사라의 손등을 덮었다. 멎지 않은 떨림을 손으로 누르면서, 백현은 계속 말했다.

"어떤 상황이 되어도 난 널 버리지 않을 거야. 약속할 수 있……."

"몇 번이고 들었어."

힘을 주어 멈추게 한 떨림이 다시 시작되었다. 아까의 떨림보다 더 강했다.

백현은 시선을 들어 사라의 얼굴을 쳐다보았다. 가뜩이나 흰 얼굴은 시체처럼 핏기 없이 창백했다.

"절대로 안 버린다는 말. 몇 번이고 들었단 말이야. 약속한다는 말도 들었어. 무슨 일 있어도 절대로, 절대로 버리지 않겠다는 말을 몇 번이고 몇 번이고 셀 수 없을 정도로 많이 들었어."

"사라."

"그래서 무서운 거야. 나는, 너만 봤어. 처음부터는 아니었지만, 언젠가 도원경을 떠날 수밖에 없다는 것을 알게 되고, 너랑 계속 만나면서, 거기서 선계가 아닌 다른 곳으로 가는 것은 너뿐이었으니까. 난 선계에 갈 수 없지만, 그래도 너는 따라갈 수 있었으니까. 물론 그것만으로 널 따라가기로 한 것은 아니지만, 네가 좋아서, 따라갈 수 있다고, 보내줄 수 있다고 스승님이 말씀하셨고, 절대로 돌아가고 싶지는 않았으니까, 거기는 지옥이어서……."

사라는 입술을 달싹거리며 작은 목소리로 계속, 계속 말했다.

횡설수설과 다를 것 없는 말이었다. 문장은 뚝뚝 끊기고 그럴 때마다 사라의 안색은 더욱 창백해졌다. 백현은 보다 못해 몸을 일으켰다.

그는 사라의 곁으로 다가가 떨리는 어깨를 붙잡았다. 그러자 사라가 홱 고개를 들어 백현을 올려 보았다.

백현은 당장에라도 울 것 같은 사라의 눈을 똑바로 쳐다보며 말했다.

"난 너 안 버려. 절대로."

빨간 눈동자에 눈물이 가득 차올랐다.

"……내가 불쌍해서?"

"아니. 버리기 싫어서."

결국 사라는 울어버렸다.

"이런 말은 진짜 하기 싫었어."

사라는 눈물을 뚝뚝 흘리며 훌쩍거렸다.

"버리지 말아달라는 말, 너무 비참하잖아. 버리지 않겠다는 대답을 듣고, 그걸 믿고…… 결국 버려지는 거. 진짜…… 싫어. 너무 싫어. 이런 말을 해서 버림받지 않은 적은 한 번도 없었어."

"나한테 이렇게 말한 적은 없잖아."

"……정말 버리지 않을 거야?"

"응."

"날 싫어하지도 않을 거고?"

"내가 널 싫어할 이유가 어디 있어?"

"넌 날 모르잖아."

"옛날의 너는 모르지. 지금의 너는 잘 알고."

언제까지 울고 있을 거야? 백현은 피식 웃으면서 뺨을 타고 줄줄 흐르는 눈물을 닦아주었다.

사라는 우느라 더 빨개진 눈으로 백현을 쳐다보았다.

"……나 말이야."

마치 홀리기라도 한 것 같았다.

가능하다면 평생 말하고 싶지 않은 일이었다. 이미 옛날 일이고, 다시는 마주하지 않을 일이었다.

이곳은 사라의 고향인 17차원 프로아가 아니다. 굳이 떠올리지만 않는다면 평생 시달릴 일 없는 과거.

말할 필요는 당연히 없었다. 말하지 않으면 그것으로 끝이다.

"사람을, 되게 많이 죽였어."

그게 잘못되었다는 것은 스스로도 의식하고 있었다. 솔직하게 털어놓고 위로받고 싶었다.

동정받고 싶지 않다고 생각하는 주제에 위로는 원했다. 많이 힘들었지? 백현에게서 그런 말을 듣고 싶었다. 스승에게조차 하지 않았던 말이고, 결국 듣지 못했던 말이다.

"어렸을 때부터."

그 일들에 대해서는 죄책감보다 자기혐오가 더 강했다.

사라는 그때의 자기가 싫어 견딜 수 없었다. 어쩔 수 없었던 상황이라고는 해도 혐오스럽다. 그럴 수밖에 없게 한 세상과 상황이 증오스러웠다.

그래서 더더욱 이해받고 싶었다. 좋아하니까.

단순하기 짝이 없는 이유였다. 이 지독한 자기혐오를 털어놓고, 그 뒤에도 괜찮다는 말을 듣고 싶었다. 좋아하는 사람에게 위로받고, 보듬어지고 싶었다.

그런 위로 받고 싶다는 마음에. 꾸준한 자기혐오를 보상받고 싶어서. 좋아하는 사람이 절대로 버리지 않겠다고 말해줘서. 싫어하지 않겠다고 말해줘서. 이쪽의 얼굴을 빤히 보는 저 눈동자가 너무 좋아서. 그래서 홀려 버렸다.

"칼로."

태어났을 때부터 죽지 않은 것은 솔직히 행운이라고밖에 말할 수 없었다.

피처럼 붉은 눈에 창백한 피부와 백색에 가까운 금발. 그러한 용모는 프로아에서도 이질적이었다.

특히나 프로아는 마녀가 세계수를 오염시키고 죽어가는 세계였고, 당연히 마녀에 대한 혐오와 공포, 적의가 극에 달해 있었다.

그러한 세계였기에, 평범하지 않은 외모의 여자들은 숱하게 죽어 나갔다.

선동뿐인 마녀사냥의 처형법은 가지각색이었다. 돌팔매, 몽둥이, 화형, 생매장, 수장 등등.

프로아에서 사라가 살아남을 수 있었던 것은 틀림없는 행운이었다.

사라의 부모는 사교도였다. 그들은 자신의 아이의 외모가 평범하지 않다는 것에 흥분했고, 딸이 언젠가 강림할 성녀의 화신이 아닐까 기대했다.

그들은 자신에게 거룩한 신앙을 전파해 준 교회에 갓난아기인 사라를 맡겼다.

사교는 마녀를 성녀로 숭배한다. 그들은 성녀가 이 썩어빠진 세계를 정화하고 있으며, 이 세계에 살아가는 모든 존재는 죄를 지었고 그 죄를 씻어내기 위해 죽어야 하는 것이라 믿었다.

오직 성녀를 숭배하는 깨우친 자들만이 그 정화에서 살아남아, 후에 성녀가 강림해 그들이 세울 신국에서 평화를 누리리라 믿었다.

교회의 주교는 피처럼 붉은 눈과 백금발의 갓난아기에게 많은 관심을 보였다.

주교의 관심 아래 사라는 갓난아이에서 어린 소녀로 자랐다. 시간이 흐를수록 사라의 눈은 더 붉어졌고, 피부는 희어졌으며, 백금발의 머리는 아름다운 빛을 냈다.

프로아 곳곳에는 마녀를 숭배하는 교회가 숨어 있었다. 그들은 자기들 나름으로 구분하여 성녀의 화신이라 생각되는 소녀들을 키웠으며.

당연히 교육도 병행했다. 성녀 '후보'들 중에서 누가 진짜 성녀인지는 알 수 없다. 어쩌면 성녀의 화신이나 아직 어려 자각이 없을지도 모른다. 그렇다면 자각할 수 있게끔 돕는 수밖에 없다.

"정화라고 말했어."

성녀는 세계를 정화하고 있다. 그것이야말로 성녀의 숙원이다.

그렇기에 주교는 어린 사라에게 칼을 쥐게 만들었다. 신앙을 의심하는 배교도들이 그녀가 정화해야 할 대상이었다. 죽이지 않는다면 사라가 죽어야 했다. 정화를 하지 못한다면 성녀일 리가 없다.

"처음 사람을 죽인 날. 밤에 혼자 이불을 뒤집어 덮고 울었어. 손에 여전히 감촉이 남아 있는 것 같았고, 튀었던 피가 뜨거웠던 것이…… 도저히 잊히지 않아서."

처음뿐만이 아니다. 그 이후로 몇 번이고 주교의 참관하에 사람을 죽일 때마다, 이불을 뒤집어 덮고 울었다.

그때 사라의 나이는 고작 다섯 살이었다. 칼조차 무겁다고 느낄 나이. 아무리 붙잡아두었다지만 죽기 싫다고 질러대는 비명만으로 울음을 터뜨릴 나이다.

하지만 할 수밖에 없었다. 죽고 싶지 않았다. 사람이 어떻게 죽는 것을 보았고, 죽여보았기에 더더욱 죽고 싶지 않았다.

어린아이가 휘두르는 칼은 깊이 들어가지도 않았고, 그래서 몇 번이고 칼을 더 찔러야만 죽일 수 있었다.

"내가 울 때마다, 페레하가 내 이불 속으로 들어와 날 안아줬어."

페레하는 사라보다 고작 다섯 살 많았다.

사라는 페레하의 눈동자를 아직도 기억하고 있었다. 얼핏 보기에는 평범했지만, 자세히 보면…… 페레하의 눈동자 깊은 곳에서 붉은빛이 반짝이는 것처럼 보였다.

특히 그것은 어둠 속에서 무척이나 잘 보였다. 사라는 페레하의 눈을 좋아했다. 자신과 같은 붉은색이라는 것 때문이기도 했고, 어둠 속에서 보고 있자면 마치 붉은 별이 반짝거리는 것처럼 보이기 때문이었다.

그러한 눈동자는 페레하를 사라와 마찬가지인 성녀 후보로 있게 해주었다.

사라보다 몇 년 전부터 페레하는 주교가 쥐여준 칼을 들고 배교도의 정화를 해냈다. 사라가 무릎 발로 기어 다닐 때부터 그녀를 업고 안았던 것이 페레하였고, 사라가 이불을 덮고 울 때마다 위로해 주며 괜찮다고 말한 것 역시 페레하였다.

"교회가 불타기 전, 날 데리고 나온 것도 페레하였어."

함께 나온 것은 사라만이 아니었다. 성녀 후보는 아니었지만, 교회가 데리고 있던 아이들 여럿이 페레하와 함께 교회를 탈출했다. 그렇게 이목을 피해 빈민가로 기어들어 갔다.

페레하는 사라에게 맞지 않는 커다란 로브를 씌우고 손을 꼭 잡았다. 마주 잡은 페레하의 손톱 아래에 흙 때가 껴 있었다.

인고도 없는 아이들이다. 빈민가에는 죽어 나가는 사람들이 많다. 하지만 그런 빈민가라고 해서, 소녀들 여럿이 살 만한 집을 구하는 것은 쉬운 일이 아니었다. 하지만 페레하는 금세 빈집을 찾아내 아이들을 데려다 놓았다.

몇 번이고 맡아보았던 냄새라 잘 알 수 있었다. 집 안에서는 엷은 피 냄새가 났다. 교회를 나가야 한다고 말하던 페레하에게 풍기던 피 냄새보다는 엷은 냄새였다.

당장 무너질 것 같은 판잣집 뒤의 땅은 조금 불룩 솟아 있었다. 여름마다 그곳에는 벌레들이 들끓고 잡초가 무성히 자랐다.

"페레하는 날 집 밖으로 나가지 못하게 했어."

도저히 가릴 수 없는 외모였다. 밖을 떠돈다면 마녀라고 손가락질당할 것이 뻔했다.

사라를 대신해 페레하와 다른 아이들이 먹을 것을 구해왔다. 자기들 나름의 방법으로, 항상 피 냄새와는 다른 비린내를 풍기면서.

"내가 더 자라고, 음기와 양기가 통제되지 않아 병들고…… 죽어가기 시작했을 때. 페레하는 내 손을 꽉 잡고, 나보고 절대 죽지 않을 거라고 말했어. 그럴 때마다, 나는, 날 버리면 안 된다고 말했고."

절대로 버리지 않을 거라고. 페레하도 그렇게 대답해 주었다.

"난 말이야, 교회를 나오고서부터 쭉 짐덩어리였어. 페레하는 몰라도 다른 아이들은 항상 불만이 많았지. 왜 자기들이 구해 온 밥을 내가 먹는 것이냐면서. 자기들끼리 모여 수군대곤했어. 특히 페레하가 없을 때, 나한테 직접 뭐라 하거나 괴롭히지는 않았지만……. 다 들리게 수군거렸어."

거기에 이제는 병수발까지 들어야 한다.

페레하는 언제나 웃으면서 사라에게 말을 걸고, 고름을 짜고, 닦아주었지만.

"당연히 힘들었을 거야. 그래도, 그 지경이 되었을 때까지 날 버리지 않았던 건…… 내가 아기였을 때부터 언니처럼 키웠기 때문일까? 아니면 어릴 때부터 같이 사람을 죽였다는 동질감이 각별해서?"

사라는 말 없는 백현을 보면서 큭큭 웃었다.

"페레하는 날 버리지 않겠다고 말했지만, 결국 날 버렸어. 자기가 더는 못 버텼기 때문인지, 아니면…… 다른 아이들의 불만을 참아주기 힘들어서였는지는 모르겠지만. 어느 날, 평소처럼 먹을 걸 구해 오겠다고 나가서는…… 다시 돌아오지 않았지."

혼자 남았다. 살기 위해서는 뭐라도 먹어야 했다.

먹을 건 없었다. 그렇다면 구하러 나가는 수밖에.

병에 걸린 것이 다행이었다. 머리는 죄다 빠졌고, 고름이 가득 차고 터진 몸은 더 이상 하얗지도 않았다. 붉은 눈동자는 몰골과 어우러져 이상할 것도 없었다. 그런 몰골 덕에 빵 부스러기라도 동냥 받을 수 있었다.

부족했다. 아무리 배고픔을 참으려 해도 먹을 것이 너무 적다. 쓰레기를 뒤져봤자 먹을 건 없었다.

"그러면 빼앗을 수밖에 없잖아."

칼을 들이밀었다. 교회에서 무던히도 죽여봤다. 배고픔에 눈이 돌아갔다. 어떻게든 살고 싶었다.

다 큰 남자는 안 된다. 약한, 협박만으로 얌전히 내놓아줄.

만약 해야 한다면, 죽일 수 있는.

그런 대상은 다행스럽게도 많았다. 죽어가는 노인들, 병자들.

"이게 나야."

기껏 멈췄는데.

다시 눈물이 날 것 같았다. 사라는 크게 숨을 삼키고서 백현을 쳐다보았다.

"그래서 버려지기 싫은 거야. 태어나고, 말문도 트이지 않았을 때부터 내 부모는 날 버렸어. 페레하도, 날 버렸어. 버리지 않겠다고 했는데."

이번에는 흐르게 두지 않았다. 사라는 손을 들어 눈가를 비벼 닦았다.

"정화랍시고 칼 들고서 사람을 죽이고. 다섯 살 때부터. 빈민가에서도 칼 들고 협박하고, 찌른 적도 있었어. 배고파서. 고작 그깟 이유로. 난, 다섯 살 때부터…… 내가 죽기 싫어서. 살고 싶어서 사람을 죽였고, 내 몸이 병신이 되었을 때도 그렇게 했어. 난……."

사라는 크게 숨을 삼켰다.

"그런 내가 싫어. 그런 세상에서, 이런 몸으로 태어난 내가 싫어. 지금은 안 그렇지. 여기는 프로아도 아니고, 지금의 난…… 어렸을 때랑 달라. 하지만 그것도 나잖아. 아직도 기억하려고 하면 얼마든지 기억할 수 있어. 도원경에서, 스승님을 만나고,

스승님한테 사랑받고…… 옛날의 내가 더 싫어졌어."

"사라."

"넌, 어때? 다 들었잖아. 내가 어땠는지. 그래도 괜찮아? 날 정말, 안 싫어할 거야? 나를……. 페레하처럼 버리지 않을 거야?"

울먹거리는 목소리로 물어보았다. 눈물 찬 눈가를 닦으며 백현을 쳐다보았다.

"……너 표정이 왜 그래?"

잠시 백현의 표정을 쳐다보다가 사라는 도저히 이해가 안 돼서 그렇게 물어보았다.

방금의 이야기가 저런 표정을 지을 만한 이야기인가?

"……어, 음."

백현은 떨떠름한 표정을 가다듬었다.

"잘 모르겠어서."

"……뭘 몰라?"

이걸 어떻게 말해야 할지 백현은 잠시 고민하다가 대답했다.

"대체 그거랑 내가 널 버리고, 싫어하는 거랑 뭔 상관이야?"

정말로 알 수가 없었다. 사라의 과거는 안타까운 일이었지만, 그것과 사라를 싫어하고, 버리게 되는 것이 무슨 상관인가?

백현은 진심으로 그렇게 생각하고 있었다.

사라는 떨떠름한 백현의 표정을 보며 멍하니 입을 벌렸다.

"나, 나 나쁜 사람이잖아."

이런 반응은 전혀 예상하지 못했다.

그렇다고 사라가 예상했던 반응이 유별났던 것도 아니다. 그녀는 백현이 잠깐 동안 침묵할 것이라 생각했고, 침묵 뒤에는 위로의 말을 건넬 것이라 생각했다. 어쩌면 조금의 혐오를 느낄지도 모르겠지만, 백현의 성격상 그것을 대놓고 드러내지는 않을 것이다.

다만 가슴 깊은 곳에서 자신이 알고 있는 사라의 모습과 직접 들은 과거를 대조하며, 앞으로 쭉 그에 대한 괴리감을 갖게 될 것이라 생각했다.

그렇게 되어도, 실망하지는 않을 것이다. 누구에게도 말하지 않았던 고백을 전함으로써 후련하게 되었다. 정말 좋아하는 사람한테 위로를 들었다.

그가 자신에게 괴리감을 갖는다면, 그 괴리감을 지워 나가고자 노력할 셈이었다.

그런데 무슨 상관이냐니?

"어쩔 수 없었다며?"

백현은 눈을 찡그리며 대답했다.

"네가 한 짓들이 나쁜 짓이라는 것은 알겠지만, 넌 그럴 수밖에 없었던 것 아냐?"

"그건…… 그렇지만……."

"네가 거부할 힘이 있었던 것도 아니고. 태어나자마자 그 교회라는 곳에 맡겨져서, 성녀…… 아니지, 마녀 후보가 되고.

그 이후에는 억지로 칼을 들리고 죽이라는 강요를 받았다며?"

"어, 어."

"뭐 그런 개새끼들이 다 있어? 아, 하긴. 세상을 통째로 죽어

가게 만든 마녀를 숭배하는 놈들이니 제정신일 리가 없지."

백현은 투덜거리면서 사라의 머리에 턱하고 손을 올렸다.

"네가 그런 과거를 혐오하는 것은 알겠는데, 그렇다고 내가

널 싫어해야 할 이유는 없잖아. 난 옛날의 널 몰라. 내가 아는

옛날의 너는 도원경에서 만난 싸가지 없는 사라 프로스트였고,

지금의 너는 나 좋아하고 버리지 말라며 훌쩍대는 김사라야."

"……정말…… 아무렇지 않다는 거야?"

"어, 아무렇지도 않아. 난 또 뭐라고, 그런 일로 여태까지 마

음고생한 거야?"

백현은 어이가 없어서 웃었다.

동시에 이해도 할 수 있었다. 저런 과거를 가지고 있다면, 메데

인에서 평소답지 않게 감정적으로 굴며 우울한 모습을 보인 것과

퓨어세인트의 광신도인 드레이브를 싫어하는 것도 이해가 간다.

"난 진짜 아무 상관 없어. 겨우 그런 거로 내가 널 다르게 생

각하고 싫어하면, 그건 내가 개새끼지. 안 그래?"

예상했던 반응은 전혀 아니었지만, 사라를 울게 하기에는

충분한 말이었다. 사라는 마음 졸인 자신이 바보 같아서 다시

울어버렸다.

"뭘 또 울고 그래?"

백현은 훌쩍거리는 사라의 머리를 손으로 헤집으면서 웃었다.

오랫동안 마음을 졸이고, 자기혐오를 느꼈던 만큼 백현의 말은 사라를 안심시켜 주었다.

그래도 이전에 너무 많이 울었던 탓에 눈물은 금세 멈추었다. 하지만 감정은 영 진정되지 않아서, 사라는 나오지도 않는 눈물을 쥐어짜며 훌쩍거렸다.

그럴 때마다 백현은 식탁의 티슈를 뽑아 사라의 눈물을 닦아주었다. 덕분에 식탁에는 눈물에 흠뻑 젖은 티슈가 수북하게 쌓였다.

"이제 괜찮아?"

"……응."

사라는 코맹맹이 소리로 대답했다.

아까 전까지만 해도 부엌에 서서 저녁을 만들고 있었지만, 피차 밥 먹을 기분이 아니게 되었다.

사라는 헝클어진 머리를 정리하지도 않고, 코를 훌쩍거리며 괜히 백현의 얼굴을 힐끔힐끔 쳐다보았다.

"왜?"

"……한 번 더 말해주면 안 돼?"

"뭘?"

"나 안 버린다는 거."

"안 버려, 진짜 안 버린다고. 야, 그리고 버리고 말고 할 게 없다니까?"

조르는 말을 이기지 못해 대답해 주었다. 투덜거리는 소리를 듣고서도 사라는 바보처럼 헤 웃기만 했다.

"그래도, 난 그게 무섭단 말이야. 페레하도 항상 버리지 않겠다고 말했는데, 날 버리고 갔어."

페레하에 대해 말할 때마다 사라의 눈빛은 어두워졌다.

당시의 사라에게 있어서 페레하는 유일한 친구이자 언니, 아니, 그마저도 뛰어넘어 부모와 다를 것 없는 존재였다. 그런 존재에게 버림받았다는 것은 사라의 과거에서 제일이라 할 만한 트라우마였을 것이다.

하지만 그런 것치고는 반응이 옅지 않나?

"그 뒤로 만난 적은 없어?"

민감한 질문이라는 것은 의식했다.

조심스레 묻는 말에 사라의 어깨가 움찔 떨렸다.

"없어."

고민이 필요한 대답은 아니었다. 사라는 고개를 저으며 대답했다.

하지만 이번에도 반응은 옅다. 부모처럼 여겼던 존재인 만큼 버려졌다는 배신감은 클 텐데.

아니면 시간이 너무 지나서? 그런 것에 퇴색되었다면 과거의 자신에 대한 혐오도 퇴색되었어야 한다.

"하지만, 어쩌면…… 페레하는 날 완전히 버린 것이 아니었을지도 몰라."

그 대답에는 뚜렷한 자신은 없었다. 하지만, 아무리 생각해도 페레하밖에 없었다.

"음기와 양기가 폭주해 내 몸이 망가지고, 페레하와 아이들이 더 이상 돌아오지 않았을 때. 난 어떻게든 살기 위해서 집 밖으로 나갔지만…… 그것도 오래가지는 않았어. 얼마 지나지 않아서, 나는 움직일 수도 없게 되었거든."

그 이야기는 설화봉에게도 들었다.

음양화신은 태어날 때부터 음기와 양기를 한 몸에 지니고 있고, 성장할수록 타고난 음기와 양기는 거대해진다. 그것을 통제하는 수단을 갖지 못한다면, 결국 몸뚱이가 터져 죽어버리게 된다.

사라의 몸은 열다섯 살에 폭주를 시작했다. 본래는 반년도 지나지 않아 몸뚱이가 터져 죽어야 하는데, 사라는 그 상태로도 이 년을 더 살아 열일곱에 도원경으로 인도되었다.

그건 기적이라 할 만한 일이었다. 살고 싶다는 집착이 사라를 그만큼이나 더 살게 했다.

하지만 그것만으로 살 수 있는가? 아무리 대단한 집념을 가지고 있다 해도 안 되는 것은 안 되는 법이다. 사람의 몸은 집 념만으로 살 수 없다. 살기 위해서는 먹고, 마시고, 싸고, 자야 한다.

"내가 움직일 수도 없게 되었을 때, 난…… 여전히 살고 싶었지만, 어쩔 수 없잖아. 난 움직일 수 없었고, 먹을 것도, 마실 것도 없었어."

가장 끔찍하던 기억이다.

텅 빈 방. 고름과 병자의 악취로 가득 찬 방에서, 그 악취에 완전히 익숙해져 고약하다 느끼지도 못하게 되고, 죽어가는 몸은 배고프다 호소하고, 목이 너무 말라 목소리도 나오지 않았다.

이대로 죽는구나 싶었다. 이렇게 처참한 모습으로. 이딴 세계에서, 이런 몸으로 태어나 버려서.

뭔가 뚜렷하게 상상할 수는 없었지만, 이보다 나은 삶이 있을 텐데. 조금 더 평범하고 즐거운…… 그런 것은 한 번도 하지 못하고 죽는다는 것이 억울하고 분했다.

그래서 더 살고 싶었지만, 방법은 없었다. 사라가 선택할 수 있는 것은 이 빌어먹을 굶주림과 갈증, 잘 움직이지도 않는 몸뚱이의 무력감과 죽어가고 있다는 공포, 고통, 그 모든 것을 최대한 빨리 끝내는 것뿐이었다.

"그래서 칼로 손목을 그었어."

"뭐?"

"그것 말고 뭘 할 수 있었겠어? 콸콸 쏟아지는 피를 보고서, 이제 진짜 끝이구나 싶었지. 억울하고 분했지만, 한편으로 기쁘고 편하기도 했어. 죽으면 어떻게 될까? 내가 옛날에 물어봤을 때, 페레하가 이렇게 말해줬거든. 죽으면 다른 세상에서 다시 태어날 수 있다고. 사실 난 그걸 기대한 거야. 다른 세상이라면 프로아보다는 나은 세상일 테고, 뭐로 태어날지는 몰라도 지금의 나보다는 나을 테니까."

피를 쏟으면서 정신이 희미해졌다. 억지로 붙잡지 않았다. 아프고 몽롱하고, 너무 졸려 결국 잠들어 버리는 것처럼. 사라는 정신을 잃었다.

"안 죽었어."

당연히도 그랬다. 만약 거기서 죽었으면 사라가 도원경에 오는 일은 없었을 것이다. 어딘지 모를 명계로 인도되어, 염라를 만나고, 전생의 문을 지나 끔찍한 삶의 종적을 찍고 새로운 삶을 시작했을 것이다.

하지만 사라는 지금 눈앞에 있다. 프로아에서 태어나, 도원경에 인도되고, 지구에 왔다. 그녀의 비관적인 자살은 실패했다.

"다시 눈을 떴을 때, 난 당연히 죽었을 줄 알았거든. 그만큼 왕창 피를 쏟았으니까 말이야. 그런데, 안 죽었어. 정신을 잃기 직전에 보았던 천장이 눈을 뜨니까 또 보이더라고."

하지만 많은 것이 변해 있었다.

방을 가득 채웠던 악취는 씻긴 듯이 사라져 있었다. 수북했던 쓰레기와 한쪽에 밀어 치워둔 오물. 고름을 닦은 누더기들. 변색되고 썩어버린 붕대. 그런 '더러운' 것들은 하나도 남지 않았다. 방에서 치울 수 있는 더럽고 불결한 것들은 모조리 치워져 있었고.

"없던 것이 새로 생겼어. 하얀 병에, 꽃들이 꽂혀 있었어."

무슨 꽃인지는 모른다. 그리 향기가 강한 꽃도 아니었다. 하지만 꺾여 꽂히고도 아직까지 꽃잎은 생기를 띄고 있었다.

"내 몸을 감은 붕대들도 새것으로 바뀌어 있었고, 베어버린 손은…… 잘 움직이지 않았지. 그런데 말이야, 그 상처에 붕대가 칭칭 감겨 있는 거야. 살짝 들춰보니까 연고도 발려 있었어."

음식도 있었다. 꽃병의 바로 옆에, 부스러기나 뜯긴 조각이 아닌 제대로 형태를 갖춘 '빵'들. 좀처럼 먹을 수 없던 말린 고기도. 얼마 되지 않지만, 우유 한 병도 있었고, 물도 있었다.

"누군가가 방을 치워주고, 먹을 것과 마실 것을 가져다 놓고, 내 붕대를 갈고, 상처를 치료해 준 거야. ……대체 누가 나한테 그렇게까지 해주었겠어?"

사라가 생각할 수 있는 것은 한 명뿐이었다. 그리고 백현이 떠올리는 이름도 하나뿐이었다.

페레하.

버릴 수밖에 없었다는 죄책감 때문일까.

"그 후로도 가끔. 먹을 것과 마실 것이 다 떨어지고, 방이 다시 지저분해지고, 내가 더 견딜 수 없을 때가 되어 죽고 싶다 생각하며 지쳐 잠들고 나면."

페레하가 다녀가곤 했다.

꽃병의 시든 꽃이 사라지고, 새로운 꽃들이 꽂혔다. 먹을 것과 마실 것이 보충되었다. 방이 깨끗해지고, 사라의 붕대가 새 것으로 바뀌었다.

"차라리 다시 너랑 함께 지내면 되었던 것 아니야?"

며칠에 한 번씩 잠든 중에 찾아와 저만큼이나 챙겨줄 정도로 아낀다면, 차라리 쭉 같이 지내면 되었을 텐데.

"나도 그렇게 생각했지만, 페레하는 아니었나 봐. 날 볼 면목이 없었던 걸까……? 아니면 다른 아이들까지 버릴 수는 없었던 걸까. 아마 그랬을 거야. 그래서 아이들 몰래, 나를 보러 온 걸 거야."

사라는 그때의 자신을 돌보았던 것이 페레하라는 것을 직접 확인하지는 못했다.

어떻게든 만나고 싶어서 삐뚤삐뚤 편지를 남기고, 잠들지 않으려 버텨보기도 했지만. 편지의 답장은 없었고, 아무리 버텨보아도 페레하는 사라가 자는 도중이 아니면 찾아오지 않았다.

"꽃병의 꽃은 계속 바뀌었어. 매번 다른 꽃으로…… 싱싱하게. 페레하는 항상, 꽃이 전부 시들 즈음 찾아와서, 시든 꽃을 버리고 다른 꽃을 꽂아두었어."

마치, 절대 죽지 말고 살아야 한다고 말하는 것처럼.

사라는 손가락을 꼼질거리며 중얼거렸다.

"하지만 그것도 계속되지는 않았어. 내가 열일곱 살이 되고 나서…… 편지라도 남겨주었으면 좋았을 텐데. 그럼 기대도 하지 않았을 테니까."

어느 순간부터 페레하는 찾아오지 않았다. 먹고 마실 것이 하나도 남지 않고. 꽃병의 꽃이 모두 시들어 떨어졌는데도. 자고 일어나고, 자고 일어나고를 반복해도 방은 그대로였다.

결국 사라는 받아들일 수밖에 없었다. 드디어, 그리고, 이제 와서야. 페레하가 자신을 완전히 버린 것이라고.

"혹시나 싶어서 손목도 한 번 더 그어봤어."

죽지 않을 정도로 얕게. 그렇게 잠들고 난 다음에도 페레하는 다녀가지 않았다. 피딱지가 굳은 상처는 곪아버렸고, 피를 쏟은 탓인지 더, 더 많이 배가 고팠다.

"이제 진짜 끝이구나. 페레하는 날 완전히 버려서, 내가 어떻게 되든 상관없는 거구나. 사실……. 내가 너무 기댔던 거지. 페레하가 나한테 너무 잘해줬던 거야."

그렇게 말하는 사라의 목소리에 원망이나 배신감은 거의 없었다. 오히려 자조만 있었다.

페레하에게는 늘 도움과 배려만 받았다. 정작 사라는 페레하에게 아무것도 해주지 못했다.

그리고 기적처럼. 집념처럼 붙잡고 있던 목숨이 끊어지기 직전에, 도원경으로 인도되었다.

"만약 페레하가 날 버리지 않았다면, 나는…… 프로아로 다시 돌아갔을지도 몰라."

사라는 고개를 들며 멍하니 말했다.

"어떻게든 다시 만나고 싶다는 마음은 사실이니까. 보답도…… 하고 싶고. 그러다가 죽었겠지. 프로아는 죽어가고 있었고, 그건 내가 도저히 어떻게 할 수 없는 일이었어. 그래서……."

"네가 잘못한 것은 없어."

백현은 고개를 저으며 말했다.

"……페레하가 아직 그 세계에 있을지도 모르잖아."

사라가 고개를 숙이며 중얼거렸다.

그 또한 사라가 품은 자기혐오의 이유 중 하나였다. 아무리 버림받았다고 해도, 페레하에게 받았던 애정과 배려가 없던 것이 되는 것은 아니다. 하지만 사라는 페레하가 있는 프로아 대신에, 백현이 있는 지구를 선택했다.

"누구나 그럴걸. 죽어가는 세계를 벗어나 다른 세계로 갈 수 있는데, 누가 다시 그 끔찍한 세계로 돌아가려고 들겠어?"

사라의 침울한 모습을 보고 싶지 않았다. 백현은 사라의 어깨를 끌어 안아주면서 말했다.

"네가 잘못한 것은 없으니까, 너무 자책하지 마. 잘잘못을 따지자면 처음에 세계수를 멸망시켰던 마녀가 문제……."

잠깐. 뭔가를 놓치고 있지 않나?

백현은 하던 말을 급히 멈췄다.

그는 급히 자신이 보고 들은 기억들을 떠올렸다. 뭘 놓치고 있지? 사라의 과거. 죽어가는 세계.

이유는 마녀. 사교의 마녀가 세계수를 오염시켰다. 그 때문에 사라의 세계는 저주받아 죽어가게 되었다. 땅은 점점 오염되어 아무것도 낳지 못하고, 그 오염된 땅에 시체와 괴물이 활보한다. 그게 사라의 고향이다. 17차원 프로아.

놓치고 있던 것.

'퓨어 세인트야말로 혈사자보다 믿을 수 없는 놈이지.'
'왜 믿을 수 없다는 거야?'

이 대화를 나눈 것이 언제였지?

기억났다. 연리운과 카르파고의 합공을 받고. 라이 룽의 도움을 받고. 정신을 잃었다가, 중국에 있는 라이 룽의 괴이산에서 눈을 떴을 때.

'퓨어 세인트는 자신이 다스리는 세계를 직접 멸망시켰어.'

'그런 악신을 어떻게 믿는다는 거냐?'

라이 룽은 퓨어세인트에 대해 저렇게 말했었다.

악신이라고.

그 이후로 백현은 퓨어세인트와 거리를 두었다. 그리고 지금에 이르러서는 퓨어세인트가 얼마나 추악하고 위선적인 신격인지를 알게 되었다. 그녀가 가늠할 수 없는 힘을 지니고 있고, 대마계의 마신과도 관계를 맺고 있음을 알게 되었다.

그 악신이 멸망시킨 세계.

'정확히 어떻게 된 것인지는 알 수 없지만, 그녀가 다스리던 17차원이 퓨어 세인트로 인해 멸망한 것은 사실이다.'

그래. 퓨어세인트가 멸망시켰다는 세계가 바로 프로아였다.

'그래서 퓨어 세인트는 믿을 수 없어.'

백현은 고개를 돌려 사라를 쳐다보았다.

사라는 갑자기 말을 끊은 백현을 쳐다보며, 붉은 눈을 깜빡거리고 있었다.

9장
아마존

"알고 있습니다."

흐드러진 꽃밭에서 퓨어세인트는 찻잔을 들었다.

흐림 없이 맑은 하늘 아래 펼쳐진 그녀의 성역은 누구나 이상적이라 생각할 만한 천국의 모습을 하고 있다.

이 천국 자체가 보편적인 이상을 인위적으로 재현한 장소였고, 이 꽃밭도 마찬가지다. 하지만 이 꽃밭은 이 천국에서 퓨어세인트가 사랑하는 장소였다.

"약속은 잊지 않았습니다. 제가 잊을 리가 없지 않습니까? 오히려 제 쪽에서 걱정하는 것은, 당신이 약속을 어기는 것이죠."

퓨어세인트는 그렇게 중얼거리면서 찻잔을 입술로 물었다.

꽃밭의 티 테이블에 앉은 것은 퓨어세인트뿐. 그녀의 말 상대가 누구인지는 보이지 않는다.

하지만 지금 그녀가 하는 말은 혼잣말 따위가 아니었다.

"저는 당신이 바라는 것을 드릴 겁니다. 그것이 약속이니까요. 그러니, 당신도 그 대가로 제 바람을 들어줘야 하는 겁니다."

한 모금 차를 마시고서, 퓨어세인트는 찻잔을 내려놓았다.

그녀는 잔잔한 미소를 지으며 앞을 보았다.

"무례라 여기지 말아주세요. 약속…… 아니, 거래는 확실해야 하잖습니까. 네, 물론. 당신 같은 위대한 분이 하위 존재를 상대로 거짓과 기만을 술수로 삼으리란 생각은 하지 않습니다. 저도 당신 같은 존재를 기만할 생각은 없습니다. 그러니 우리는…… 서로를 신뢰해야 하는 거죠. 서로가 절대로 배신하지 않을 것이라고 말이에요. 그 신뢰가 우리를 결속……."

퓨어세인트의 말이 뚝 멈추었다.

그녀는 머릿속에 들리는 웃음소리에 귀를 기울였다. 그건 비웃음이었다.

"……오해하지 말아주시죠. 전 당신과 우호적인 관계를 맺고 싶은 것이지, 당신과 동등하다고 말하고 싶은 것이 아닙니다. 우리는 결코 동등할 수 없죠. 격이 다르니까요. 하지만 신뢰가 꼭 동등한 관계에서 맺어질 수 있는 것은 아니잖아요? 거래도 그렇죠. 전 당신에게 '바치는 것'이 아닙니다. 거래를 하는 것이죠."

마녀.

마신이 이죽거린다. 하지만 퓨어세인트는 동요하지 않았다.

그녀는 내려놓은 찻잔을 손끝으로 두드리며 말했다.

"저를 향한 경멸과 모독이 우리의 거래에 큰 지장이 없기를 바랍니다. 아, 물론. 저는 당신이 경멸과 모독만으로 이, 서로에게 만족스러운 거래를 망칠 만큼 어리석지 않다는 것을 알고 있어요. 피차 간절하지 않습니까?"

마신의 코웃음 소리가 들린다. 그것을 마지막으로 마신의 목소리는 더 이상 들리지 않는다.

퓨어세인트는 피식 웃으며 마신과의 연결을 끊었다.

탐욕스럽고 가여운 자. 퓨어세인트는 그렇게 중얼거리며 의자에서 몸을 일으켰다.

그녀는 꽃밭을 천천히 걸으면서 마신과의 대화를 상기했다.

'거기서 죽었다면 좋았을까.'

아니면 죽지 않고 돌아온 것이 좋았을까. 아직은 알 수 없는 일이다.

퓨어세인트는 백현을 떠올렸다. 그가 어떻게 무도의 마왕이 정복한 명계로 들어갔는지 모르겠다.

일 년 전의 행방불명. 퓨어세인트가 모르는 무언가가 있었던 것이 분명했다.

사실 그게 중요한 것은 아니다. 중요한 것은 마신이 백현을 바치라고 말한 것이다. 그 태고적 위대한 존재가 바라는 것은 백현의 목숨이 아니라, 그를 산 제물로서 바치는 것이었다.

그 정도야 뭐, 들어주지 못할 것도 없다. 마신이 거래만 확실하게 이행해 준다면. 백현의 목숨이야 '덤'으로 얼마든지 얹어줄 수 있다. 그렇게 진상받고 나서 마신이 백현을 어찌할지는 퓨어세인트의 알 바가 아니었다.

'하지만 너는 싫어하겠구나.'

퓨어세인트는 흐드러진 꽃밭 한가운데 앉으며 생각했다.

그녀는 가지각색의 색깔을 띤 꽃 중에서 유난히 붉은 잎을 가진 꽃을 응시했다.

"사라."

퓨어세인트는 부드러운 미소를 지으며 손을 뻗었다.

그녀가 짓는 미소의 대부분은 필요에 의해 짓는 것이 대부분이었으나, 지금의 미소는 아니었다.

누구에게 보여주기 위해 짓는 것이 아니다. 거짓으로 점칠 된 그녀에게 있어서 지금의 미소는 의심의 여지 없는 진실이었다.

"싫어하지 말아줘."

퓨어세인트는 그렇게 말하며 손끝을 뻗었다.

그녀는 가장 소중한 것을 대하듯 부드러운 손길로 꽃잎을 어루만졌다.

"지금의 네게는 그가 필요할 테니까, 지금 가져가 버리면 화를 낼 거야. 그렇게 되면, 너는 망가져 버릴지도 모르지. 어쩌면 자신을 스스로 망가뜨릴지도 모르고."

그건 싫다. 싫고, 무섭다.

"그러니까, 나중에 빼앗을게. 네게 빼앗아도 괜찮을 때."

설마 이런 식으로, 그것도 이 세계에서 다시 만나게 될 줄은 몰랐다. 운명과 기적……

퓨어세인트는 환히 웃으며 꽃을 꺾었다.

방금 전까지 소중히 어루만졌으면서도 꽃을 꺾는 손길은 단호하고 억셌다. 그러고는 숙인 몸을 일으키며, 아직까지 파릇해 붉은 꽃을 머리에 꽂았다.

"우리는 행복해질 거야."

함께 돌아가서, 새로운 추억을 만들자.

이불을 덮고 울어야 했던 일은 더 이상 없을 것이다.

사라에게 퓨어세인트가 프로아를 멸망시킨 마녀라는 이야기는 도저히 할 수 없었다. 그렇게 말했을 때, 사라가 어떻게 하려 들지 뻔했기 때문이다.

퓨어세인트가 사교의 마녀 본인이라는 직접적인 확인이 있었던 것은 아니다. 하지만 거의 확실하다고 봐야 했다.

그렇다면 프로아와 사라가 겪은 모든 불행의 직접적인 원인은 퓨어세인트라 할 수 있었다.

그러니 말할 수가 없었다.

'대체 뭐야?'

백현은 퓨어세인트가 왜 그렇게까지 했고, 도대체 무엇을 꾸미는 것인지 상상할 수가 없었다.

어비스의 모든 신격의 과거를 알고 있는 것은 아니지만, 백현이 아는 한에서 퓨어세인트는 그 누구보다 추악한 신격이다. 세계 하나를 통째로 멸망시켰고, 자신을 믿었던 흑장미여왕을 배신했으며, 이제는 마신과도 손을 잡았다.

그렇게까지 하면서 퓨어세인트는 무엇을 원하는 걸까. 혼돈의 근원을 손에 넣어 그녀가 이루고자 하는 비원은 대체 무엇일까.

"아마존은 덥겠지?"

"춥지는 않겠지."

천공성의 거실에서 사라는 백현의 곁에 찰싹 달라붙어 있었다. 예전에도 이 정도의 거리를 고집하기는 했지만, 저번의 일 이후로는 더욱 찰싹 달라붙어 있다.

사라는 아마존에서 무슨 일이 일어날지에 대한 걱정보다는, 그곳에서 무슨 옷을 입어야 할지를 고민하여 가진 옷들을 쫙 펼쳐놓고 고르고 있었다.

사라의 옷은 부쩍 많아져 있었다. 백현이 없는 동안, 잔뜩 우울해하는 사라를 케어하기 위해 정수아가 노력한 덕분이었다. 거의 매주 백화점이나 쇼핑몰을 다니면서 붙어 다녔다니, 옷이 늘어날 만도 했다.

"이거 어때?"

사라가 하늘거리는 원피스를 들어 올리며 물었다. 새하얀 바탕에 자수 무늬가 들어간 민소매 원피스였다. 치마가 꽤 짧고, 입으면 살이 살짝 비치는 원단이었다.

"안 돼."

"왜? 예쁘잖아."

"정글에서 그런 옷을 입고 돌아다니는 사람이 어딨어? 더러워지고 찢어지고 난리 날 거야."

마음에 들지 않는 이유를 대놓고 말할 수는 없었다. 그래서 합리적인 이유를 대주었고, 사라는 부루퉁하게 뺨을 부풀리면서도 납득했다.

있는 대로 펼쳐놓은 옷들을 보고 있자니, 마음이 조금 불편했다. 저 많은 옷 중 백현이 사라에게 선물한 것은 처음 주었던 추리닝과 별다를 것 없는 옷들 몇 가지뿐이었다.

다음에, 다음에, 그렇게 미뤄만 두었지 결국 사다 준 것은 없었다. 같이 백화점에 가서 쇼핑하자는 말을 지킨 적이 있던가?

'다음에야말로.'

결국, 지금도 똑같았다. 이럴 줄 알았으면 출발하기 전에 쇼

핑이라도 하는 건데.

'괜히 붙잡혀서.'

백현은 뚱한 표정으로 다리를 꼬았다.

옆 나라를 다녀오는 것도 아니고 지구 반대편의 아마존이다. 정수아가 하도 당부를 해대기에 말을 전해달라고 부탁했는데, 덕분에 정부 쪽 인사를 만나 시간을 잡아먹었다.

백현으로서는 귀찮다고밖에 여겨지지 않는 절차였지만, 그마저도 파격적으로 줄어든 것이었다. 사실상 특혜의 덩어리라 해도 좋았다.

아마존에 가는 것에 천공성을 이용해도 좋지만, 다른 나라는 들리지 말아줄 것. 아마존에 도착한 후 가능하다면 조사단의 본대와 합류해 함께 행동할 것. 무리가 아니고 불쾌한 일이 아니라면 조사단의 지침을 따라줄 것. 필요하다면 단독 행동은 허가하지만, 인도적으로 옳지 않은 일은 최대한 하지 말아줄 것. 당장 떠오르는 조항들만 해도 강요가 아닌 부탁들이었다.

서류를 권하며 땀을 뻘뻘 흘리는 관계자의 벗겨진 머리가 안쓰럽기도 해서 서류에 사인을 해주었다.

지키지 못할 내용이 없기도 했다. 다른 나라에 들를 생각은 없었고, 일단은 서민식과 다른 사도들이 포함되어 있는 조사단의 본대와도 합류할 생각이었다.

인도적으로 옳지 않은 일?

'뭐가 인도적으로 옳은 일인지는 모르겠지만.'

그거야 상황에 따라서 다른 법 아닌가.

이 정도로 편의를 봐주고 강요가 아닌 부탁을 해주는 것만 해도 한국 정부가 백현의 존재를 얼마나 의식하고 눈치를 보는 지에 대한 증거였다.

"아마존에 그거 있잖아, 아마존 강. 거기서 수영도 할 거야?"

사라가 눈을 빛내며 고개를 돌렸다. 그녀의 손에는 평범한 비키니 수영복이 들려 있었는데, 백현의 눈에는 망측하게만 보였다.

"놀러 가는 것도 아닌데 뭔 수영? 그리고 거기 강에 피라냐 랑 악어랑 뭐 그런 것들 있지 않아?"

"그게 무슨 상관이야?"

사라가 의아하다는 표정을 지으며 되물었다.

'하긴, 악어랑 피라냐를 겁낼 리가 없지.'

하지만 그걸 떠나서, 백현이 아마존 강에 들어가고 싶지 않은 것은 뚜렷한 공포 때문이었다.

"그…… 내가 옛날에 인터넷에서 봤는데 말이야. 아마존 강에, 뭐 이상한 벌레였나 물고기가 있대."

"뭔데?"

"남자의 그…… 거기 있잖아, 거기."

"거기?"

"여기."

백현은 헛기침을 하며 손가락으로 자신의 사타구니를 가리켰다.

사라의 눈동자가 파들거리며 떨렸다.

"여기의 그, 구멍…… 으로 들어가서 말이야. 막, 갉아 먹고 그런……."

"아, 안 들어갈래."

사라는 꿀꺽 침을 삼키며 말했다.

사실 그런 벌레인지 물고기가 있건 말건 대비한다면 당할 일이 없겠지만. 그런 끔찍한 놈이 있는 강에 들어가고 싶지는 않았다.

애당초 그놈이 남자뿐만이 아니라 여자도 노리는지는 알 수 없지만. 만에 하나라도 들어간다면 백현과 함께 들어가고 싶었다. 그런데 같이 들어갔는데 저 끔찍한 놈에게 백현이 당하기라도 한다면…….

'저, 절대 안 되지.'

아직 본 적도 없는데.

사라는 식은땀을 흘리며 수영복을 얌전히 집어넣었다.

[도착했습니다.]

아프라스의 목소리가 들렸다.

백현은 몸을 일으켜 창가로 다가갔다.

브라질의 항구 도시 마나우스는 이제 보이지도 않는다. 아래에 펼쳐진 것은 끝없이 이어진 아마존 강과 거대한 밀림뿐이었다. 서민식과 사도들이 포함된 조사단은 저 강을 통해 아마존으로 들어갔다.

도착하기 전 악몽의 결정자에게 들었던 이야기를 상기했다. 아마존은 한국의 몇십 배는 될 정도로 거대하다.

마나우스 인근까지 몬스터가 번식하지는 않았지만, 밀림의 깊은 곳은 현실이 아니라 어비스라 생각해야 한다고 말했다.

그곳은 짐승이 아닌 몬스터의 땅이다. 관리국이 있던 시절에도 아마존의 어비스가 토해내는 몬스터들은 제대로 토벌되지 않았고, 저 거대한 밀림을 인간이 완전히 관리하는 것은 불가능한 일이다.

이곳은 세상에서 가장 많은 고스트가 사는 세계고, 현실을 침식한 어비스 자체였다. 게다가 일부 지역은 강력한 술법의 보호를 받아, 악몽의 결정자의 탐색 마법으로도 간파가 불가능하다고 했다.

현재 조사단은 그 지역을 목전에 두고서 몬스터를 토벌, 팔로워와 마타도르를 탐색하고 있다.

[도착했어?]

"아마존에는 도착했지. 너희가 있는 곳까지는 조금 남았지만."

아라크네에서 발렌시아의 목소리가 들려왔다.

[좌표 보내줄게. 천공성한테 전해주면 알아서 찾아올 거야.]

"거기서 기다리고 있게?"

[여기가 교신이 가능한 최전선이야.]

발렌시아가 대답했다.

[저 앞은 결계에 막혀 있어. 출입은 허용되는 것 같지만, 안에 들어가면 뭔 일이 벌어질지 아직 몰라. 교신도 차단되고 있고.]

아마존 전체에 결계를 두른 것은 아니라지만, 중심지만 하더라도 한국의 몇 배는 될 텐데. 그만한 규모의 결계를 단독으로 펼칠 수 있다는 건가? 술법에 무지한 백현으로서도 혀를 내두를 수밖에 없었다.

[놈은 정점에 오른 마도와 사법의 종주니까 말이야.]

목소리가 바뀐다. 봉제 인형의 뾰로통한 목소리였다. 역천자를 대단하다 평가하는 것이 마음에 들지 않는 듯했다.

[그래도, 대단하기는 하지만 엄-청 나게 대단한 것은 아니거든? 술법은 조건만 제대로 갖추면 마법보다 꼼수를 쓰는 것이 자유롭다고. 규모가 아무리 크다고 해도, 미리 결계를 유지하는 주심(柱心)만 제대로 세워둔다면 요령과 효율 좋게 결계를 유지할 수 있단 말이지. 그러니까 이건 진법의 일종인데…….]

"아니, 그건 잘 모르겠고. 그 주심이라는 것만 찾아 부수면 결계를 무너뜨릴 수 있다는 거죠?"

[바로 그거지. 다 부술 것도 없고, 몇 개만 부수면 알아서 무너질 거야. 효율 좋게 유지하고 있는 결계니까. 문제는 답을 알아도 어떻게 할 수 없다는 거지만.]

14

봉제 인형이 투덜거렸다.

[결계 안으로 들어가지 않고서는 주심을 찾아낼 수 없어. 탐색 마법도 불가능하니 맨몸으로 쏘다닐 수밖에 없지. 그나마 기대할 만한 건 네 심안인데⋯⋯. 일단 네가 직접 와서 보는 게 낫겠지.]

봉제 인형은 그렇게 말하고서 잠시 침묵했다.

[여태까지 역천자가 꽤 많은 짓을 했지만, 지금만큼 대놓고 하지는 않았어. 스케일도 여태까지와는 비교가 안 돼.]

"그렇죠"

[놈이 여기서 뭘 하려고 하는지는 아직 모르겠지만⋯⋯ 이 정도의 일을 벌이는 것을 보면, 이것 하나만은 확실하지.]

백현은 천천히 창가에서 물러났다. 그런 백현의 귀에 봉제 인형이 아닌 악몽의 결정자가 소곤거렸다.

[잘만 하면 여기서 역천자를 잡아 죽일 수도 있을 거야.]

조사단의 캠프는 강과 밀림의 사이에 세워져 있었다. 이제 곧 이 장소를 떠나기 때문인지, 캠프는 무너뜨리는 도중이었다.

백현은 천공성을 강 위에 세워두고서 사라와 함께 아래로 훌쩍 뛰어들었다.

"물에 들어가면 안 돼!"

다가오는 강물을 보며 사라가 비명처럼 외쳤다.

강물에 들어가고 싶지 않은 것은 백현도 마찬가지였다. 악어나 피라냐 따위보다는 요도로 파고든다는 그 끔찍한 물고기가 더 무서웠다.

그런 놈이 있다고 생각하니, 백현은 강물에 닿기도 전에 허공을 박차고 냅다 캠프 쪽으로 달려 버렸다.

사라는 그런 백현의 용의주도함에 안도의 한숨을 내쉬며 즉시 백현의 뒤로 따라붙었다.

천공성의 출현도 확인했고, 미리 언질을 들은 탓에 캠프를 정리하던 헌터들은 크게 동요하지 않았다. 다만 호기심과 동경, 그리고 경계 어린 시선으로 백현과 사라를 쳐다볼 뿐이었다.

안전한 땅에 내려선 백현은 자신에게 꽂히는 시선들을 확인하며 멋쩍은 웃음을 지었다.

조사단의 규모는 수백 명에 이른다. 그들 중 어지간한 수준의 헌터는 없었다. 예비 사도에 비견할 수는 없어도 모두가 최상위 레벨의 헌터. 그중에서도 특히 예전 관리국이 있던 시절 퀘스트 헌터로 높은 랭크를 기록한 이들이다.

현상금 헌터, 몬스터 헌터, 조사 헌터. 각자 분야도 다양했다. 아마존은 몬스터도 많고, 문명이 닿지 않은 미지인 데다, 세계에서 가장 많은 고스트가 숨어 사는 지역이다.

"어…… 안녕하세요?"

인종이 워낙 다양한 조사단의 가장 큰 애로 사항이라면 당연히 의사소통의 문제다.

어비스에서라면 문제될 것도 없는 일이지만, 이곳은 지구의 어비스라고 불릴지언정 어비스는 아니었다. 때문에 조사단의 헌터들은 제각각 통역 아티펙트를 장비하고 있었다.

다행히 백현의 아라크네에도 통역 기능이 추가되어 있어서, 굳이 머리 굴려 언어를 고를 필요는 없었다.

"괴물이 오셨군."

누군가가 중얼거렸다. 커다란 갑옷을 입은 거구의 중년인이었다.

비꼬는 것 같은 말이었지만 단어 선택의 문제였을 뿐이지, 정말 비꼬는 것은 아니었다. 그는 되려 백현에게 경외 어린 시선을 주며 성큼성큼 다가와 손을 뻗었다.

"블라디미르라고 하네. 자네를 직접 만난 것만으로도 이 빌어먹을 정글에서 개고생을 하고 있는 것이 보답받는 기분이군."

백현은 다가온 손을 물끄러미 보다가 히죽 웃으며 블라디미르의 손을 맞잡았다.

직접 만난 적은 없어도 모르는 이름은 아니었다. 사도를 제외한 일반 헌터 중, 현상금 헌터로 독보적인 인물이다.

블라디미르뿐만이 아니었다. 조사단의 헌터들은 운만 더해졌다면 예비 사도가 될 수도 있는 헌터들이다.

'결국 되지는 못했지만.'

"반가워요."

"어떻게 하겠나? 일단 조사단장 놈은 자네가 오면 바로 자신에게 데려오라고 말했는데 말이야. 하지만 자네는 조사단장보다는 사도님들을 더 만나고 싶어 할 것 같은데?"

"누군지도 모르는 놈을 만나는 것보다는 아는 사람을 만나고 싶은 것이 당연하겠죠?"

"하하! 그렇다면 어쩔 수 없군, 한 대 쥐어박히기는 싫으니 안내해 줘야겠어."

블라디미르는 너스레를 떨면서 백현의 손을 잡아 이끌었다. 털이 숭숭 난 투박한 손은 아직도 백현의 손을 꽉 붙들어 잡고 있었다.

"자네 덕에 농땡이도 피울 수 있고 말이야. 자, 이쪽으로 오게."

그렇게 말하는 블라디미르의 목소리는 나이답지 않게 철부지처럼 신나 있었다.

군주와 계약하지 않은 백현은 다른 헌터들이나 일반인들에게 있어서 이레귤러이자 괴물이다. 누군가는 그 특별함을 경계하고 질투하겠지만, 순수하게 동경하고 경외하는 자도 분명히 있다. 블라디미르는 그런 인물이었다.

"아저씨 정도면 그냥 아무것도 안 하고 농땡이 피워도 되지 않아요?"

"내가 제일 잘났으면 그래도 되겠지. 하지만 지금은 그런 것도 아니잖나? 사도님들은 손을 놓고 놀아도 아무도 뭐라 안 해. 그런데 나까지 그러면 영 눈치가 보인단 말이지."

블라디미르는 너스레를 떨며 웃었다.

"단장이 누군지는 아나?"

"체브 맞죠?"

본래 어비스의 동쪽 지역을 파고들던 조사 헌터다. 그는 관리국이 있던 시절부터 국제 연합과 긴밀한 관계를 유지했고, 관리국이 무너진 지금에 이르러서는 완전히 국제 연합의 소속으로 들어갔다. 그 덕분에 조사단장의 자리는 체브가 맡게 되었다.

체브도 최상위 레벨의 헌터이기는 하지만, 당연히 사도에 비빌 수는 없다. 그럼에도 그가 단장을 맡은 이유는, 군주 직속이라 할 수 있는 사도들에게 고삐를 쥐여주는 것이 위험하다는 판단 때문이었다.

물론 그렇다고 해서 단장인 체브가 사도들을 통제할 수 있는 것은 아니었다.

"놈은 그게 꽤 불만이 많은 모양이야. 병신 같은 놈이지. 가장 × 될 수 있는 순간에 누가 우리를 보호할 수 있겠나? 사도님들이 대거 참가하지 않았다면 난 여기 오지도 않았을 거야. 다른 헌터들도 대부분 그렇게 생각하고 있을걸?"

블라디미르는 코웃음을 치며 말했다.

"놈은 자기가 조사 헌터로 이름 좀 날렸답시고 으스대는데, 그것도 딱 여기까지지. 여기까지가 우리가 어찌할 수 있는 수준이었던 거야. 저 앞에서부터는 사도님들 수준의 탐색 마법도 통하지 않으니, 정말 무슨 일이 벌어질지 몰라. 그렇게 되면 최악의 사태에 대응할 수 있는 것은 우리가 아니라 사도님들뿐이라고."

블라디미르는 그렇게 말하다가 백현을 돌아보며 눈을 빙긋 웃었다.

"아, 이제부터는 자네도 있겠지만 말이야. 하지만 내가 아는 자네의 성격이라면 조사단과 함께 움직이지는 않을 것 같은데……."

"절 잘 아시나 봐요?"

"하하! 관심이 있으니 당연하지. 뭐, 자네에게 부담을 주고 싶은 마음은 전혀 없네. 우리는 우리의 일을 하고, 자네는 자네의 일을 하면 되는 것이니까."

백현은 그렇게 말하는 블라디미르가 꽤 마음에 들었다. 외모만큼 호탕한 것도 한몫했다. 아직까지 잡고 있는 손에 숭숭 난 털은 영 마음에 들지 않았지만 말이다.

"자, 저곳일세."

사도들이 머무른다는 텐트는 캠프의 가장 바깥쪽에 있었다.

백현은 텐트 너머를 심안으로 확인해 보았다. 왜 바깥에 있는가 했더니, 블라디미르의 말대로 최악을 대비하기 위함인 듯했다. 텐트는 역천자가 쳐놓은 결계와 가장 근접해 있었다.

"그럼, 다음에 또 보세나. 아, 그리고 이거……."

블라디미르는 퍼뜩 무언가가 떠올라서, 재빨리 품을 뒤졌다. 그가 꺼낸 것은 아직 새것 티가 나는 CD 플레이어였다.

"잘…… 듣기는 했는데. 나는 클래식을 좋아해서 말이야."

듣지 않아도 알 수 있었다.

백현은 얌전히 고개를 끄덕거리며 CD 플레이어를 받아주었다. 아무래도 동양인이라고 샤나크에게 청취를 강요받은 모양이었다.

블라디미르는 돌아갔지만, 백현은 텐트로 향하지는 않았다. 그 안에 아무도 없다는 것은 들어가 보지 않아도 확인되었기 때문이다.

대신에 백현은 텐트를 지나 울창한 나무가 우거진 정글 쪽으로 향했다.

"곰 같은 아저씨랑 손잡으니까 좋았어?"

"아니, 안 좋았어."

"그런 것치고는 꽉 잡고 있던데."

"그 아저씨가 꽉 잡은 거지. 털이 뭐 그렇게 많은지."

"나랑은 손 안 잡을 거야?"

사라가 히죽 웃으며 물었다. 투덜거리는 것이 아니라 농담으로 하는 말이었다.

그건 알았지만, 백현은 슬쩍 손을 뻗어 사라의 손을 잡았다. 그러자 사라의 눈이 동그랗게 떠졌다.

"히."

사라는 뺨을 발갛게 물들이고서 이를 보이며 웃었다.

백현은 사라의 손을 잡아끌며 정글로 다가갔다.

저곳부터가 결계의 시작이다. 악몽의 결정자가 말한 대로였다. 바깥에서는, 백현의 심안으로도 저 너머의 그 무엇도 볼 수 없었다.

그러한 밀림 근처에 세 명이 서 있었다. 두 명은 뒷모습이 익숙했고, 다른 한 명은……. 익숙하지는 않았지만 누군지 못 알아볼 정도는 아니었다.

"거기서 뭐 해?"

백현이 소리 내어 묻자, 두 명이 뒤를 돌아보았다.

비서는 여전히 눈에는 보이지 않지만 심안으로는 보이는 톱니바퀴로 몸을 채우고 있었고, 살아 있어 보이지만 사실은 살아 있지 않은 얼굴로 방긋 웃었다. 그 곁에서 발렌시아도 히죽 웃으며 백현을 향해 손을 흔들었다.

"오랜만이라고 말하기도 좀 뭐하네, 만나지는 않아도 연락은 주고받았으니까."

"그래도 오랜만이라는 말 정도는 해주는 게 정 있게 느껴지지 않아?"

웃으며 답하는 말에 발렌시아가 킬킬거렸다. 그녀는 마주 잡은 백현과 사라의 손을 가리키며 말했다.

"그것보다는 축하한다고 해야 하는 것 아냐?"

"뭘?"

"내 입으로 말하기는 민망하지. 어쨌든, 축하해."

"아직 그런 사이 아니야."

사라가 볼멘소리로 투덜거렸다. 그러자 발렌시아가 눈을 찡그렸다.

"애매하게 간만 보고 있다는 건가?"

백현은 헛기침을 하면서 샤나크를 향해 다가갔다. 그러고는 손에 들고 있던 CD 플레이어를 샤나크의 등을 향해 던져보았다.

툭.

샤나크의 등에 맞은 CD 플레이어가 바닥에 뒹굴었다.

"자기는 클래식 좋아한다더라."

"다음은 클래식을 섞어봐야겠군."

아직까지 등을 돌리고 있던 샤나크가 중얼거렸다.

그는 대체 뭘 하는 것인지 양손으로 얼굴을 더듬으며 부스럭거리고 있었다.

그러던 손이 아래로 내려오더니, 입고 있던 셔츠의 단추를 풀기 시작했다.

"……너 뭐 하냐?"

곁에서 그 모습을 보고 있던 비서의 눈에 짙은 혐오가 담겼다.

샤나크는 마치 물어봐 주기를 기다렸다는 것처럼 휙 몸을 돌렸다. 그 모습에 사라의 얼굴이 일그러졌고, 백현은 눈을 멀뚱거렸다.

왜 머리를 검게 염색하고 어울리지도 않을 올백을 하고 있는 것인지도 알 수 없었는데. 앞모습은 더 알 수가 없었다. 대체 저 진한 콧수염은 또 뭐고, 풀어 헤친 셔츠로 보이는 가슴털은 뭐란 말인가?

"……너 그거 뭐냐?"

넌지시 묻는 질문에 샤나크는 슬며시 손을 들어 올렸다. 그의 손이 허공을 붙잡자, 기다란 스탠드 마이크가 나타났다.

그는 양손으로 잡은 스탠드 마이크를 빙글 돌리더니 어깨와 엉덩이를 둠칫거리며 뭔지 모를 춤을 추었다.

"맙소사."

발렌시아가 끔찍하다는 듯 중얼거렸다.

"대체 뭐 하는 거냐니까?"

다시 한번 그렇게 묻자, 샤나크의 눈에 진한 실망감이 스쳐 지나갔다.

그는 들썩거리던 어깨를 멈추고 숙인 몸을 일으켰다.

스탠드 마이크가 사라졌다. 샤나크가 드러낸 가슴과 코밑을 손으로 훑자, 안 어울리는 콧수염과 가슴 털이 사라졌다.

그러고는 입꼬리를 축 내리고서 풀어 헤친 셔츠의 단추를 다시 채웠다.

"아니, 뭔데 대체?"

"넌 공부가 부족하다."

샤나크가 중얼거렸다.

"내 입으로 말하는 것도 구차하니, 스스로 공부하도록 해라."

"뭔 개소리야……."

[잘했어.]

봉제 인형의 목소리가 들렸다.

결계 쪽에 보다 가까이 다가가 있던 봉제 인형이 백현을 향해 뽀르르 날아왔다.

백현이 받으려 손을 뻗었지만, 봉제 인형은 유연히 방향을 틀며 백현의 손이 아닌 얼굴에 찰싹 달라붙었다.

[멀쩡해 보여서 다행이야. 난 무도의 마왕과 마신을 만났다길래, 겉으로는 멀쩡해도 끔찍한 저주라도 받은 것이 아닐까 생각했거든.]

백현은 얼굴에 달라붙은 봉제 인형을 떼어냈다.

봉제 인형의 모습은 일 년 전과 달라져 있었다. 다음 의체는 변신 로봇으로 하고 싶다더니, 이번에도 똑같은 봉제 인형이었다. 그래도 저번의 낡고 못생긴 모습에 비해 그나마 귀여운 모습이기는 했다.

"변신 로봇이 되고 싶은 것 아니었어요?"

[해봤는데 팔다리 움직이는 것도 뻣뻣하고 누워 뒹구는 것도 불편해. 애들 완구에서 프라모델, 합금까지 다 해봤는데 인형보다 못하더라고.]

봉제 인형이 백현의 얼굴을 툭툭 때리며 말했다.

하긴, 관절이 없는 봉제 인형에서 로봇이 되면 불편하기도 할 것이다.

"나와서 뭘 하고 있었던 거예요?"

[네가 오기 전에 한 번 더 결계를 살피고 있었어. 하지만 여전히 모르겠는걸. 주심의 위치는 아무래도 직접 들어가서 좀 헤매야 답이 나올 것 같아.]

"아직 안 들어가 본 것은 아니죠?"

[당연히 몇 번 들어갔었지. 하지만 외곽에서는 주심을 찾는 것이 불가능해. 어쩌면 역천자가 주심의 위치를 계속 바꾸고 있을지도 모르고.]

봉제 인형이 투덜거렸다.

백현은 발렌시아와 비서, 샤나크를 힐긋거리며 물었다.

"민식이는 어디 있어?"

[슬슬 돌아올 때가 되었어.]

"……안에 들어가 있는 거예요?"

백현은 놀란 표정으로 물었다.

그는 휙 고개를 돌려 정글을 쳐다보았다. 발렌시아가 나서서 백현을 진정시켰다.

"워워, 너무 걱정하지 않아도 돼. 결계 근처의 위험 요소는 이미 파악했어."

"이미 파악했으면서 왜 또 들어간 거야?"

"그건…… 음."

발렌시아가 난감하다는 표정을 지었다. 교신으로는 차마 말하지 못했던 것들. 그것을 어찌 말해야 할지 조금 망설여지는 모양이었다.

"필요한 모양이더군."

발렌시아가 말하기 전이었다. 샤나크가 먼저 말했다. 그는 뒤로 넘긴 올백 머리를 꼬리빗으로 정돈하고 있었다.

"그거 진짜 안 어울리는데, 안 하면 안 돼?"

"무식한 놈."

샤나크는 작게 투덜거리면서 꼬리빗을 뒤로 던져 버렸다. 그러자 그의 머리가 탁한 회색빛의 지저분한 난발로 돌아와 흘러내렸다.

"필요하다는 것은 또 무슨 말이야?"

"네 친구. 템페스트의 사도에게 말이다."

샤나크는 손을 들어 뒤를 가리켰다.

"그나마 이곳에 와서 다행이었지. 여기 오기 전에는, 불규칙

적으로 어비스에 돌아갔어야 했다. 덕분에 여정도 조금 지체되었고."

"……돌아가야 했다고? 왜?"

[그렇지 않으면 버티기 힘들 테니까.]

봉제 인형이 중얼거렸다.

[여기서는 아무것도 안 들리지? 저 안에서 네 친구는 막무가내로 힘을 쏟아내고 있을 거야. 그렇게라도 하지 않으면 제 힘이 몸을 망가뜨릴 테니까.]

백현의 얼굴이 싸늘하게 식었다.

그는 아직 잡고 있는 사라의 손을 놓았다. 그리고 고민 없이 성큼거리며 결계로 향했다.

"나라면 안 갈 거다."

샤나크가 말했다.

"그리 보여주고 싶지 않은 광경일 테니까. 놈이 너한테 직접 말하지도 않았잖나."

"그게 무슨 상관이야?"

"네 도움이나, 걱정을 바란 것이라면 직접 말했겠지. 하지만 그러지도 않았다. 네 친구는 직접 템페스트를 찾아 헤맨 끝에 예비 사도가 되었다. 저 힘은 예비 사도답지 않은 과한 힘의 반동이고, 놈이 책임져야 할 대가인 거야."

냉정한 말이었다. 하지만 백현은 그 말에 걸음을 멈추었다.

백현이 아는 서민식의 성격이라면, 막무가내로 힘을 쏟아내며 날뛰는 모습을 보여주고 싶지 않을 것이 틀림없었다.

하지만 그렇다고 가만히 있을 수도 없잖은가?

"템페스트의 계약이 부조리하다고 생각하나? 그렇다고 네가 직접 템페스트를 패 죽일 수도 없을 텐데."

[그건 나도 동의해. 결국 계약은 당사자가 감당해야 할 문제야.]

"그게 잘못된 계약이라고 해도?"

[왜 잘못되었다는 거야? 그걸 무조건 잘못이라 폄하하는 것은 너무 큰 오만이지.]

봉제 인형이 고개를 저으며 말했다.

백현이 뭐라 대답하기도 전, 그 너머가 보이지 않던 결계가 일렁거린다.

울창한 밀림에서 대뜸 서민식의 모습이 나타났다. 성큼성큼 걷는 걸음으로 결계를 빠져나온 서민식은, 백현을 보고서 멈칫 굳었다.

"뭐야? 벌써 왔어?"

서민식은 히죽 웃으며 백현에게 손을 흔들었다.

백현은 잠시 서민식의 얼굴을 보다가 마주 웃으며 손을 흔들었다.

"잘 지냈어?"

"잘 지내지는 않았지. 워낙 바빠서."

일 년도 넘어 만나는 것이기는 했지만, 서민식은 얼마 되지 않아 만난 것처럼 친근히 굴었다.

예전에도 그랬다. 백현이 식물인간이 되어 몇 년 만에 눈을 떴을 적에도. 서민식은 그런 티를 전혀 내지 않고 웃으며 백현을 대해주었다.

하지만 지금의 백현은, 도저히 그럴 수가 없었다.

서민식의 왼쪽 눈은 과거 템페스트의 사도가 되었던 호셴의 것처럼 온갖 색이 뒤섞인 만화경이었다.

그리고 눈에 보이지 않는 것.

심안으로 보이는 서민식의 뒤에, 무언가가 있었다.

마치 유령처럼. 하지만 도저히 유령 같지 않은 모습을 한.

'……하프?'

흐릿한 형상은 그 익숙하지 않은 악기의 모습을 하고 있었고.

"왜 그러고 있어?"

서민식이 움직일 때마다, 실제로는 들리지 않는 '절그럭'거리는 소리가 들리는 것만 같았다.

하프에 이어진 쇠사슬이 서민식의 가슴을 관통하고 있었다. 그리고 다른 쇠사슬은, 불쑥 튀어나온 것처럼 보이는 누군가의 손목을 결박하고 있었다.

10장
멀지 않은 곳에

'저게 뭐지?'

백현은 서민식의 왼쪽 눈을 응시했다.

그나마 다행인 것은 서민식은 호센과 다르다는 것이었다. 비록 그의 왼쪽 눈동자가 호센과 같은 만화경이 되었다고 해도, 서민식은 뚜렷하게 자아를 유지하고 있었다.

서민식과 호센이 다르다는 것에 백현은 안심할 수밖에 없었다.

'템페스트는 민식이를 보호하고 싶어 해.'

그건 틀림없는 사실이다.

완전한 호문쿨루스. 비서의 입을 빌어 아이언메이드에게 들었던 템페스트의 기원.

왜 그녀가 서민식에게 그토록 집착하고 애정을 주는 것인지는 모르겠다. 하지만 서민식이 템페스트에게 특별히 여겨진다는 것은, 바꾸어 생각한다면 절대로 템페스트가 서민식을 해칠 리는 없다는 것이다.

템페스트는 자신의 직접적인 권속인 정령들이 혼돈에 침식당하는 것을 감수하면서 다른 군주들에게 서민식을 건드리지 말라 엄포를 놓았다.

신격들이 어비스를 활보하던 시절부터 템페스트는 강력하고 광폭했기에, 그 무식한 엄포는 다른 군주들로 하여금 서민식을 괜히 자극하지 못하게 만들었다.

그뿐만 아니라 호른에서는 호센을 즉시 사도로 삼으면서 서민식을 지키려 했다. 무슨 일이 벌어질지 모르는 이곳에서는, 템페스트의 보호를 못마땅하게 여길 이유가 없다.

'저 손.'

백현은 서민식의 등 뒤에 있는 하프를 노려보았다.

저 하프가 대체 무엇을 의미하는 것인지도 알 수 없었지만, 저것보다 더 신경 쓰이는 것은 하프의 '사슬'과 '손'이다.

사슬에 묶인 손은 템페스트의 분명 템페스트의 손이겠지. 희고 가늘다. 하프를 다루는 영상이나 사진을 본 기억은 없지만, 저런 손이 하프의 현을 뜯는다면 참 잘 어울릴 것 같았다.

하지만 저 손은 사슬에 결박되어 있다.

자세히 보니, 하프 곳곳에 사슬이 '솟아' 있었다. 그 사슬들이 어디로 이어져 있는지는 보이지 않고, 하나의 사슬이 서민식의 가슴을 관통하고 있다.

"뭘 자꾸 쳐다봐?"

"오랜만에 보니 반가워서."

"얼씨구, 반가워? 죽다 살아나면 성격이 바뀐다던데 너도 그런 거냐?"

"예전에도 이랬을걸?"

서민식의 투덜거림 농담으로 대응했다.

사슬의 관통부는 왼쪽 가슴. 심장이 있는 곳이다. 백현은 물끄러미 사슬에 묶인 손을 쳐다보았다. 그러자 손이 움찔 떨렸다.

천천히 들린 손이 백현을 가리킨다. 목소리는 들리지 않지만, 마치…… '보이는 것이냐'고 묻는 것 같았다.

백현은 살짝 고개를 끄덕거렸다. 그러자 손은 잠시 동안 백현을 가리키다가, 다시 아래로 내려갔다.

"캠프 치우고 있던데?"

"여태까지 널 기다리고 있던 거니까. 그래서, 어떻게 할 거야? 우리랑 같이 움직일 건가?"

발렌시아가 물었다.

원래는 조사단에서 사도들과 서민식을 만나고 사라와 둘이서만 행동하려 했지만…….

백현은 서민식을 힐긋거리며 말했다.

"일단은 그럴 생각······."

"뭐 하러 그래?"

서민식이 즉시 백현의 말을 끊었다.

"너 정도의 인력이 우리 쪽에 묶일 이유가 없잖아. 그건 너무 비효율적이지."

옳은 말이었다. 백현은 사도 이상의 전력이고, 해봐야 알 일이지만 여기 있는 사도들 전원이 작정하고 덤빈다고 해도 크게 걱정되지는 않았다.

"어차피 서로의 목적이야 똑같잖아. 일단 저 짜증 나는 결계를 해체하고, 마타도르랑 팔로워를 잡는 거. 어쩌면 역천자도 잡을 수 있을지도 모르고."

"네가 역천자는 어떻게 알아?"

[숨길 일도 아니니 알려줬어.]

악몽의 결정자가 대답했다.

"꼴에 예비 사도가 되었는데 그 정도는 알아도 되지 않냐?"

서민식이 코웃음을 치면서 이죽거렸다.

"그러니까 말이야, 우리가 본대라 치면 너는 별동대인 거지. 우리가 헤집는 동안 너는 결계를 유지하는 주심을 찾아서 파괴하고······. 어쨌든, 하나로 뭉쳐서 가는 것보다는 그쪽이 더 낫지 않냐?"

합리적인 말이기는 했다.

서민식의 말대로 하나가 되어 움직이는 것보다는 기동력이 압도적으로 우월한 백현이 혼자 움직이는 것이 낫다.

아무리 저 안쪽이 몬스터가 득실거리고, 고스트와 팔로워, 마타도르가 숨어 있다고 해도. 백현이 직접 겪어본 게시자의 힘은 사도와 비교해 한참이나 모자랐다.

그런 사도가 셋이나 있으니 조사단이 위협을 겪을 일은 없을 것이다. 신격이 강림하지 않는 한.

하지만 강림이 가능한 신격이 있나? 마룡왕과 검무희는 당연히 제외다. 헌드레드는 혈사자의 신격을 삼켰기에, 천존이나 검무희처럼 어비스 바깥으로 나올 수 없다.

그렇다면 월드이터는? 그도 불가능할 것이다. 자아도 남지 않았고, 지금 월드이터는 정황상 팔로워가 얽힌 술법의 주체라고 봐야 했다.

그것에 대해서는 아마존에 오면서 악몽의 결정자와 충분히 이야기를 나누었고, 악몽의 결정자도 백현의 추측에 동의했다.

다만, 만약 역천자가 헌드레드의 권능까지 끌어다가 팔로워를 만든 것이 월드이터를 신으로 '만들기' 위해서라면. 대체 그것이 무슨 의미가 있는가에 대해서는 악몽의 결정자도 추측을 해내지 못했다.

월드이터의 신격을 복원하는 것이 목적인가? 그게 큰 의미가 있는 일인가?

월드이터는 그리 대단한 힘을 가진 신격이 아니었다. 굳이 이런 수고까지 들이며 복원시킬 만한 신격이 아니란 말이다.

어쩌면 월드이터의 신격을 복원시키면서 재생의 뱀을 집어삼키는 것이 목적이었을지도 모르지만, 그건 이미 실패했다.

"그냥 날 떨어뜨리고 싶은 것 아냐?"

백현은 서민식의 얼굴을 물끄러미 보면서 물었다. 그 질문에 서민식은 헛웃음을 흘렸다.

"뭔 개똥 같은 소리야?"

"나랑 사라가 따로 떨어져 행동하는 것이 효율적인 것은 맞는데, 같이 행동한다고 해서 엄청 비효율적인 것도 아니지. 최소한 안전만큼은 확실히 보장될 테니까."

서민식은 잠시 입을 다물었다. 그러다가, 피식하고 웃었다.

"……떨어뜨리고 싶다는 말은 좀 그렇게 들리잖아. 그 이유가 아주 없는 건 아니지만."

"왜. 쪽팔려서?"

"그것도 있고. ……템페스트는 널 싫어해."

서민식은 긴 한숨을 내쉬며 말했다.

그 말에 백현의 눈이 동그랗게 떠졌다. 설마 그런 이유를 댈 것이라고는 상상도 하지 못했기 때문이다.

"날? 싫어한다고?"

"아니, 오해하지는 마. 그렇다고 내가 널 싫어하는 건 절대 아니니까. 그런데…… 호른에서의 일도 있었고."

여전히 떠올리고 싶지 않은 기억이다.

"내 의도와는 다르게 네가 휘말릴지도 모르잖아."

"그럼 내가 더더욱 너랑 있어야지. 네가 폭주할 때 누가 널 말려주겠어?"

"아니, 괜찮아. 네가 없다면 폭주할 일도 없어."

서민식은 그렇게 중얼거리며 머리를 벅벅 긁었다.

이해할 수 없는 말이었지만, 거짓말은 아닌 것 같았다.

"……템페스트가 날 싫어하는 이유는 뭔데?"

"내 입장에서는 그냥 개소리야."

"그래도 말해봐."

"……네가 날 위험하게 만든다고."

서민식은 짜증 섞인 목소리로 중얼거렸다. 물론 그 짜증이 향하는 대상은 백현이 아닌 템페스트였다.

그는 머릿속에서 들리는 반응을 무시하며 계속해서 말했다.

"결국 여러 가지 이유가 섞여 있는 거지. 너한테 내 추한 모습을 보여주고 싶지도 않고, 템페스트는 지랄하고."

"알았어."

백현은 고개를 끄덕거렸다.

서민식을 위험하게 만든다. 그 말은 차마 부정할 수가 없었다.

백현과 엮여서 서민식이 위험했던 적은 분명히 있었다. 박준환은 서민식을 납치하겠다고 백현에게 대놓고 협박했었고, 괜히 그것을 서민식에게 알린 탓에 최초로 템페스트가 서민식의 머릿속에서 날뛰었다.

호른의 일은…… 따지고 보면 백현의 잘못이랄 것도 없었지만, 그 장소에 백현이 있었던 것은 사실이다.

그리고 템페스트가 백현을 '싫어하는' 가장 큰 이유는 역시 서민식과 검무희의 만남 때문이었을 것이다.

백현이 서민식과 친구가 아니었다면. 검무희는 굳이 서민식에게 말을 걸지 않았을 것이다. 둘이 무슨 대화를 나누었는지는 검무희의 심상을 통해 알았고, 서민식이 갑작스레 크게 동요한 것도 보았다.

여전히 백현은 서민식이 '왜' 그랬는지는 알 수 없었다. 하지만 그로 인해 서민식은 템페스트를 만나러 갔고, 결국 만났다.

"이유 없이 싫다는 것도 아니니 어쩔 수 없지."

서민식의 말에 무조건 납득한 것은 아니다.

고집부려 남고자 한다면 얼마든지 남을 수도 있다. 하지만 백현은 그렇게 하지 않았다.

사슬에 묶인 손. 어느새 그 손이 백현을 정확히 가리키고 있었다.

'말이라도 하면 좀 좋아?'

제스처뿐이라지만 의도는 확실했다. 백현은 템페스트를 자극하고 싶지 않았다.

백현은 품에 안긴 봉제 인형은 힘주어 안았다.

'부탁 좀 드릴게요.'

[미친년이 무슨 짓을 할지는 나도 잘 모르겠지만. 일단 능력 닿는 한에서는.]

봉제 인형이 대답했다.

자, 그럼. 백현을 뒤를 힐긋 돌아보았다. 그는 결계 너머의 밀림을 보며 말했다.

"쇠뿔도 단김에 빼라고. 지금 바로 가볼까."

"조사단장은 만났어?"

"안 만났어. 왜, 만나야 돼?"

"아니, 만나지 마."

발렌시아가 고개를 저으며 눈썹을 찡그렸다.

"분명 가지 말라고 붙잡으려 들 테니까. 그 새끼, 버르장머리가 없는 건 아닌데 딱 봐도 속에 쌓아두는 타입이란 말이지. 엿 같은 놈을 굳이 나서서까지 만날 필요는 없잖아."

"안쪽은 교신도 안 된다고 했지?"

"응. 쭉 시험해 보고 아티펙트를 보완도 해봤는데, 도저히 안 되더라고. 노이즈가 섞이는 정도가 아니라 아예 막혀."

[후후.]

발렌시아의 대답을 듣고 있던 봉제 인형이 돌연 웃음을 흘렸다.

발렌시아는 고개를 갸웃거리며 봉제 인형을 쳐다보았다.

"······뭐예요?"

발렌시아는 껄끄러운 투로 물었다. 그녀는 아직까지 저 앙
증맞은 인형의 안에 네크로맨시 마법의 독보적인 존재가 자리
잡고 있다는 것을 영 받아들일 수가 없었다.

백현의 팔에 안겨 있던 봉제 인형이 바둥거린다.

"자기가 안긴 주제에."

백현은 투덜거리면서 팔의 힘을 빼 봉제 인형이 나올 수 있
도록 해주었다.

붕 떠오른 봉제 인형은 여전히 이유 모를 웃음을 흘리면서
샤나크를 향해 손을 뻗었다. 그러자 샤나크는 말없이 걸치고
있던 외투 자락을 들어 올렸다.

[오너라!]

봉제 인형이 힘 있는 목소리로 외쳤다.

들어 올린 외투의 안쪽에서 무언가가 튀어나왔다.

인형이었다. 악몽의 결정자가 삼은 의체와 헤어 스타일과 입
은 옷만 다른 인형. 아무래도 시리즈로 나온 인형인 듯했다.

[아티펙트로는 안 된다지만 이것이라면 문제가 없지.]

[암, 문제가 없고말고.]

봉제 인형이 말했고, 또 다른 봉제 인형이 고개를 끄덕거리

며 말했다.

발렌시아의 입이 멍하니 벌어졌다.

"……대체 뭐 하는 거예요?"

[멍청한 녀석.]

[내 자아의 일부를 이 인형에 나눠 담은 거야.]

[물론 둘 다 똑같은 나이지만.]

[이것의 대단한 점은, 저 귀찮은 결계의 안쪽에서도 얼마든지 교신이 가능하다는 점에 있지.]

[뭐 정확히 말하자면 교신은 아니지만. 둘 다 나이니, 또 다른 내가 보고 겪은 것을 나도 보고 겪는 것일 뿐이니 말이야.]

[어때, 대단하지? 네가 마음에 드는 쪽을 하나 가지고 가. 그렇다면 거리가 얼마나 떨어지든 문제없이 교신이 가능한 거야.]

두 개로 늘어 난 인형이 백현의 양쪽 어깨에 앉아 시끄럽게 떠든다.

발렌시아는 어이가 없어서 내뱉어 물었다.

"왜 진즉에 그렇게 하지 않았던 겁니까? 그리고 분리가 가능하다면 조금 더 수를 늘려서……."

[멍청아, 아무리 내가 대단한 존재라고 해도 의체를 많이 운용하는 것은 까다로운 일이거든?]

[너희에게 나눠줄 필요도 없고 말이야. 어차피 단독 행동을 하기로 한 건 이 녀석이잖아.]

[그리고 너희를 놀래키는 것은 재미없어.]

"……난 재밌고요?"

[아니, 그렇지도 않네. 생각했던 것보다 반응이 심심해.]

[이럴 줄 알았으면 변신 로봇으로 합체라도 할 걸 그랬나.]

두 개가 동시에 투덜거렸다.

백현은 잠시 고민하다가 샤나크의 외투에서 나온, 양 갈래 머리의 인형을 골랐다.

[탁월한 선택이야.]

[왜 날 고르지 않은 거지?]

양 갈래 머리 인형은 만족스러워했고, 긴 머리의 인형은 투덜거렸다.

백현은 말없이 고른 인형을 사라에게 건네주었다.

사라는 활짝 웃으며 인형을 강하게 끌어안았고, 봉제 인형은 비명을 질렀다.

"민식아."

정글로 향하기 전. 백현은 마지막으로 서민식을 불렀다.

"지난번에 네가 했던 말."

"말해줄 생각 없다고 했잖아."

"아니, 그거 물어보는 게 아니라."

백현은 피식 웃으며 서민식에게 다가갔다.

서민식의 등 뒤, 사슬에 묶인 손이 다가오지 말라는 듯 손가락을 활짝 펼쳤다.

그것이 훤히 보이기는 했지만, 무시했다.

백현은 서민식의 앞에 서서, 친구의 얼굴을 물끄러미 보았다. 특히, 빛이 뒤섞인 왼쪽 눈을.

"네가 말하고 싶지 않은 게 뭔지는 모르겠지만, 내가 널 경멸할 일은 절대로 없을 거야."

지난번에도 해주었던 말이다. 하지만, 다시, 분명하게 말해주고 싶었다. 얼굴을 마주 보면서.

"……알아, 새끼야."

서민식은 쓰게 웃으며 대답했다.

백현은 양팔을 벌려 서민식을 안아주었다. 그것에 서민식은 질겁하며 뒤로 물러서려 했지만, 몸짓뿐이었다.

"이 새끼 왜 그래? 징그럽게."

"× 되지 마라."

"……그런 일 없으니까 너나 잘해. 괜히 또 뒈지지 말라고."

"× 되기 전에, 그렇게 될 것 같으면…… 말하고. 알겠어?"

"내가 애냐? 알았다니까."

서민식이 킬킬거리며 웃었다.

[너무 걱정하지 않아도 괜찮을 거야. 정글이 아무리 넓고 복잡해도, 내 의체는 확실하게 찾아갈 수 있어.]

사라의 품에 안긴 봉제 인형이 축 처진 목소리로 말했다.

[네 친구를 끔찍하게 아끼는 템페스트가 최악의 상황을 만들지는 않을 것 같고.]

백현과 사라, 봉제 인형은 이미 결계를 지나 밀림으로 들어왔다.

우거진 숲을 지나던 백현은 잠시 걸음을 멈추고 앞을 보았다.

말 그대로. 폭풍이 지나간 것 같은 흔적이 남아 있었다. 어지러이 긁히고 파인 땅에 박살 난 나무와 바위 조각들이 뒤집힌 흙에 파묻혀 있었고, 갈기갈기 찢긴 몬스터와 짐승의 시체들이 곳곳에 널려 있었다.

백현은 몸을 숙여 흙을 만져보았다. 습기 가득한 정글인데, 흙은 물기 하나 없이 건조하게 메말라 있었다. 아니, 그 정도가 아니라 만지는 것만으로도 화상을 입을 만큼 뜨겁다.

백현은 몰아치는 바람과 불꽃을 떠올렸다.

템페스트. 서민식이 힘을 토해낸 장소가 바로 이곳이다.

[네 친구를 어떻게 생각해?]

"민식이는 민식이죠."

[흐음.]

사라의 품에서, 봉제 인형이 고개를 갸웃거렸다.

[……그렇게 확신하지는 마.]

"민식이는 민식이에요."

[검무희와 나눈 대화. 너도 알잖아.]

백현은 대답하지 않았다.

서민식의 안에 누군가가 있다고. 검무희는 그렇게 말했었다. 그 뒤의 대화. 유령. 자신의 것이 아닌 기억. 어쩌면, 서민식의 기억.

백현은 숙인 몸을 일으켰다.

"그렇다고 해도 민식이는 민식이죠."

[……하지만 영향은 확실하게 받았어.]

봉제 인형이 중얼거렸다.

[네 친구. 템페스트의 권속이 아닌 힘도 쓸 줄 알아.]

"네?"

[힘의 근원은 템페스트가 주는 것이겠지만, 그 힘으로 템페스트의 권능이 아닌 다른 힘을 쓴다고. ……더 쉽게 말하면, 지금의 네 친구는 마법을 '알고 있어'.]

그리 대단한 수준은 아니지만. 봉제 인형이 덧붙였다.

[마법을 알고, 이해하고, 펼치는 것은 이 세계의 인간에게는 불가능해. 너희는 마법이라는 지식이 없고, 군주가 제공하는 것은 권능이지 그에 대한 이해가 아니니까. 하지만 네 친구는, 템페스트의 '헌터'이면서 '마법사'인 거야. 그래도……]

"민식이죠."

백현은 끝까지 듣지 않고 대답했다.

그는 고개를 돌렸다. 이미 아까 전에 들어온 정글의 입구를. 그리고 다시 고개를 돌려, 앞을 보았다.

"생각해서 말해주신 건 고마워요. 하지만…… 민식이는 민식이에요. 그 자식이 마법사건 헌터건 간에."

심안이라면 결계의 안에서도 길을 찾을 수 있지 않을까 기대했는데. 아쉽게도 흐름을 원활히 볼 수는 없었다. 인간을 아득히 뛰어넘은 감각조차도 일정 거리 너머는 꽉 막힌 듯 차단되었다.

그렇다고 '흔적'을 보는 눈이 무뎌진 것은 아니었다.

"저 말고 왔다 간 손님이 있나 봐요."

[몬스터?]

"아뇨, 사람."

헌터.

백현은 흔적을 쫓아 나서며 중얼거렸다.

실수로 남긴 것은 아닐 것이다. 적으로서 상대해 본 적은 없지만, 백현이 만나본 그녀는 저런 뻔한 흔적을 남길 만큼 어리숙한 존재는 아니었다.

아무렴. 그 군주와 계약한 헌터들의 권능이 바로 암살 계통인데.

'헤루샤.'

혈사자의 혈족이자, 카르파고를 주군으로 섬기던 여자. 그녀가 멀지 않은 곳에 있다.

헤루샤가 어찌 되었을까는 의문 중 하나였다.

암막의 주인은 혈사자와 같은 거인족이고, 혈사자의 혈족이다. 주종 관계. 그리고 군주 간에 성립된 상하 관계는 사도에게도 그대로 이어졌다.

하지만 헤루샤 본인은 카르파고를 주군으로 맹목적으로 따르지 않았고, 암막의 주인 본인도 주종 관계에 대해 이중성을 보였다.

혈사자의 적인 백현을 마냥 적대하지도 않았고, 카르파고를 죽기 직전까지 몰아붙였는데도 헤루샤는 개입하려 들지 않았다.

산토리니에서 위치엔드가 보여준 미래에서도, 헤루샤는 카르파고가 백현에게 죽자 원수를 갚으려 들기는커녕 기다렸다는 듯이 전장에서 이탈했다.

'찾아오란 식으로 흔적을 남겼어.'

흔적 자체는 아주 노골적이지는 않았다. 하지만 그 흔적을 남긴 것이 암살 계통의 권능을 제공하는 암막의 주인의 예비 사도가 남긴 것이라 생각하면, 아주 노골적이다.

발자국들. 주의해 살펴봐야 발견할 발자국들이, 흐트러짐 없이 길을 안내하고 있었다.

헤루샤의 능력이라면 발자국 자체를 남기지 않는 것도 가능할 텐데. 그걸 굳이 남겼다는 것은 의도가 너무 뻔하다.

"그 여자지? 그, 검은 두건을 뒤집어썼던 여자."

"맞아."

이번에도 질투하는 건 아닐까 싶었는데, 사라의 반응은 심드렁했다.

이러니저러니 해도 사라는 자신의 백현의 입술을 차지한 첫 번째라는 것을 자각하고 있었다. 어느 정도 상대가 될 법은 해야 견제를 해야 한다는 위기감이 드는 것이지, 더 이상 이런 것에는 질투심이 타오르지 않는다.

그런 사라의 마음을 알 리 없는 백현은, 이상하게도 조금 서운한 기분이 들었다.

하지만 그걸 내색하려 들기도 전에 쫓고 있던 흔적이 뚝 끊어졌다.

백현은 당황하지 않고 고개를 들었다.

"기다린 사람이 내가 맞나?"

우거진 나뭇잎은 햇빛을 완전히 가리고 있어 어둡다.

얼기설기 얽힌 나뭇가지의 사이에서 헤루샤가 모습을 드러냈다. 그녀는 여전히 시커먼 색의 부르카로 온몸을 가리고 있었다.

"……네."

헤루샤는 천천히 고개를 끄덕거렸다.

"내가 여기 온 건 어떻게 알았어?"

"당신이 아마존으로 향했다는 것이 대단한 비밀도 아니잖습니까."

헤루샤는 그렇게 대답하면서 가지 위에서 훌쩍 뛰어내렸다.

땅에 내려선 그녀는 몸을 일으키지 않고, 즉시 무릎을 꿇고 백현에게 고개를 숙였다.

과할 정도의 예우. 백현은 헤루샤를 일으키지 않고 물끄러미 바라보았다.

"축하부터 해야 하나?"

"네? 무엇을……?"

"예비 사도에서 진짜 사도가 되었잖아. 축하할 일 아니야?"

백현은 웃으며 물었다.

헤루샤는 잠시 눈을 깜박거리다가 고개를 저었다.

"……사도가 되는 것을 원했던 것은 아닙니다."

"그래? 그러면, 나한테는 뭘 원하는 거지?"

원하는 것이 있으니 저렇게 구는 것일 테지. 메데인에서 겁을 주긴 했지만, 저렇게까지 하는 것은 너무 과하다.

헤루샤는 크게 숨을 삼켰다.

"아니, 그것보다. 나한테 원하는 것이 있는 건 어느 쪽이야? 너? 아니면 암막의 주인?"

"……둘 다입니다."

헤루샤가 깊이 고개를 숙이며 말했다.

백현은 큭큭거리며 웃었다. 탈출에 실패하고 사라의 품에 안겨 있던 봉제 인형이 몸을 버둥거렸다.

[팔로워 때문에? 아니면 역시 혈사자 쪽이야?]

대뜸 말을 거는 봉제 인형을 보고 헤루샤가 놀란 표정을 지었다.

백현은 질문에 대답하라는 뜻으로 손을 들어 올렸다.

"……그 역시, 둘 다입니다."

"말해봐. 대체 뭔데 그래?"

헤루샤는 잠시 머뭇거리다가 아랫입술을 질끈 씹었다.

암막의 주인은 혈사자의 인연은 서로가 신격이 되기 전, 초월종인 거인족이었을 때로 거슬러 올라간다.

사실 그것은 인연이라는 말보다는 혈연(血緣)이라 해야 옳다. 암막의 주인이 혈사자의 친동생이었기 때문이다. 두 형제는 수가 적은 거인족 중에서도 비범했다.

혈사자의 첫 번째 혈족은 암막의 주인이었다. 혈사자는 동생을 혈연보다 강한 것으로 거느리고 싶어 했고, 당시의 암막의 주인은 그것에 불만을 갖지 않았다. 오히려 대단한 힘을 가진 형의 첫 번째 '수하'가 될 수 있었다는 것을 영광스러워했다.

형인 혈사자는 제왕을 꿈꾸었다. 전쟁을 통해 수많은 종족과 영토를 정복하고 거대한 세상을 지배하는 제왕이 되는 것이 혈사자의 이상이었다.

혈족이 된 이상 반역은 불가능하다. 동생인 암막의 주인은 형이 하지 않아도 될 일을 도맡기 시작했다. 처음에는 혈족에 속하게 된 것에 영광을 느꼈지만, 당연히 시간이 흐르고 머리가 굵어질수록 암막의 주인은 다른 것을 꿈꾸었다.

그의 신명이 암막의 주인이 된 것이 바로 그 때문이었다.

형이 군림하는 제왕이라면 암막의 주인은 배후의 지배자가 되기를 꿈꾸었다. 형이 전쟁터의 선두에서 포효한다면 동생은 그림자 뒤에서 칼을 찔렀다.

암막의 주인이 신격이 될 수 있었던 것은 그 덕분이었다. 만약 그가 형과 같은 길을 걸었다면 그는 다른 거인들과 마찬가지로 무한전의 거인 중 하나로 남았을 것이다.

하지만 신격이 된 후에도. 혈족의 연결은 끊이지 않았다. 여전히 주군은 혈사자였고, 종복은 암막의 주인이었다.

그나마 다행이라 할 만한 것은 혈사자가 신격이 된 동생을 그리 핍박하지 않았다는 것이지만, 암막의 주인으로서는 당연히 자유를 꿈꿀 수밖에 없었다.

"그래서 기회를 보고 있었다 이 말이지?"

"……네."

어비스에 함께 온 형제는 다른 꿈을 꾸었다. 혈사자는 혼돈의 근원을 얻어 더 많은 세상을 발아래에 둘 제왕이 되고자 했고, 암막의 주인은 기회를 봐 혈사자를 배신하고 혼돈의 근원을 탈취, 혈족의 연결 고리를 박살 내고 싶어 했다.

하지만 자유를 위한 배신을 하기도 전에 혼돈이 폭주하고, 서로가 외차원에 갇혀 버렸다. 그뿐인가? 배신해야 할 혈사자마저도 백현에게 죽어버렸다.

그렇게 되었는데도 암막의 주인은 자유를 얻지 못했다.

"제 군주는 여전히 혈족에 속해 있습니다. 혈사자는 틀림없이 죽었는데 말입니다."

다른 군주를 죽이고 신격을 차지한다는 것은 단순히 격만 손에 넣는 것이 아니다.

본래 백현에게 돌아왔어야 할 혈사자의 신격은 헌드레드가 취했다. 신격, 무한전, 권속. 그 권속에는 당연히 혈족도 포함되어 있다.

"그래서. 자유를 얻고 싶으니, 도와달라?"

"……네."

헤루샤는 깊이 고개를 조아리며 말했다. 백현은 그런 헤루샤를 물끄러미 내려 보았다.

이윽고, 그는 피식 웃었다.

"대책 없이 도와달라고 조를 정도로 뻔뻔하지는 않지?"

"네?"

"뭔가 내게 도움이 될 만한 정보 같은 건 없어?"

"……길잡이는 필요 없으십니까?"

헤루샤가 슬며시 고개를 들며 말했다.

"저는 꽤 오래전부터 이곳에 와 있었습니다. 조사단이 아마존에 오기 전부터 말입니다. 이 정글의 중심까지는 너무 위험해 차마 갈 수 없었지만, 그곳까지 안내는 해드릴 수 있습……."

"야."

더 듣고 있을 필요가 없었다.

백현은 헛웃음을 흘리며 헤루샤의 말을 끊었다. 그러자 헤루샤가 당황해 고개를 들었다.

백현은 고깝다는 표정으로 헤루샤의 얼굴을 내려다보다, 고개를 삐딱하니 기울이며 물었다.

"너 내가 병신인 줄 알아?"

"……네? 갑자기 무슨……."

"앞뒤가 안 맞잖아. 혈사자가 암막의 주인을 강압적으로 통제하지 않은 것은, 신격이 된 동생에 대한 배려라고 쳐. 그래, 그건 믿을 수 있지."

백현은 혈사자를 안다.

카르파고의 성격이야 타고난 비열함이었지만, 혈사자는 아니었다. 수단과 방법을 가리지 않았다뿐이지 그는 목적을 추구하는 것에 있어서는 떳떳했다. 심지어 죽음 앞에서도 당당하게 굴었다.

또한 수하를 무의미하게 소모한 카르파고를 질책하기도 했었다. 그런 혈사자라면, 혈육이자 혈족인 암막의 주인에게 마땅한 대우를 해주었을 것이다.

"하지만 혈사자를 대신하고 있는 놈이 암막의 주인에게 그럴 의리는 없지. 안 그래?"

헤루샤의 입술이 천천히 닫혔다.

"그에 대해서 내가 납득할 만한 이유, 한번 대봐. 변명이라면 들어줄 테니까."

헤루샤의 얼굴이 창백히 식었다.

그녀는 뭐라 말을 하기 위해 입술을 삐끔거렸지만, 차마 말을 잇지 못했다.

뚜둑.

백현은 보란 듯이 손가락의 관절을 꺾었다.

사라는 쯧쯧 혀를 차며 뒤로 물러섰다.

"네가 굳이 나랑 접촉하려 든 것은 분명 이유가 있어서겠지? 일단 닥치고 휘둘리는 척해줘 볼까 싶었는데, 미안하게도 내가 지금은 기분이 좀 안 좋아서 말이야. 뻔한 장단에 맞춰 춤을 추고 싶지는 않거든."

"……그러니까……."

헤루샤가 작은 소리로 중얼거렸다.

"안 될 거라고 말했는데."

토해내는 목소리는 이전과 같은 중얼거림이 아니었다. 그에 실린 감정은 탄식이 아닌 진득한 원망이었다.

전혀 다른 말이었지만, 지독한 원망은 저 말을 흡사 저주처럼 들리게 만들었다. 그리고 그 저주의 대상은 백현이 아니었다.

"이런 뻔한 거짓말에."

연이어 토해내는 말이 뚝 멈춘다.

잠자코 듣고 있던 백현은 표정을 바꾸고 주먹을 휘둘렀다.

백현의 주먹이 헤루샤의 머리를 박살 내기 직전, 헤루샤의 몸이 탁한 안개에 삼켜졌다.

쫘앙!

주먹이 안개를 찢어버렸다.

새카만 천이 나부꼈다. 헤루샤가 뒤집어쓰고 있던 부르카였다.

[햐!]

봉제 인형이 놀란 소리를 냈다. 안개가 흩어지고 부르카가 땅으로 떨어진다.

백현은 표정을 가다듬고 떨어진 부르카를 내려 보았다.

[의외로 결단력이 있는데? 바로 강신을 할 줄이야.]

강신이라고 해서 무조건 요란할 것이라 생각했던 것이 맹점이었다. 과거 무령이 박준환에게 무리해 강신하려 했던 것이 백현에게 강신에 대한 선입견을 새겨놓았다. 암막의 주인은 강신은 직전까지 알아차리지 못할 정도로 은밀했다.

변명의 기회는 줬다. 그런데도 강신을 감행했다는 것은 알 수 없던 암막의 주인의 의도를 명확하게 해주었다.

백현은 바닥에 떨어진 부르카를 물끄러미 보았다.

촤라락!

부르카의 아래에서 시커먼 쇠사슬이 쏘아졌다.

백현은 놀라지도, 물러서지도 않았다.

그 자리에서 손을 휘저어 사슬을 붙잡았다. 잡은 사슬을 몇 바퀴 휘감고서 강하게 잡아끌었다.

끼기긱!

사슬의 이음새가 소름 끼치는 금속음을 냈다.

사슬을 끝까지 당기기도 전이었다. 발아래에 있는 그림자에서 날카로운 칼날이 솟구쳤다.

하지만 백현이 대응하기도 전에, 그가 입은 흑천이 아래로 튀어나가 칼날을 가로막았다.

힘없이 끌리던 사슬이 팽팽히 당겨졌다. 백현은 즉시 팔에 힘을 줘 자세가 무너지지 않도록 버텼다.

버티는 것으로 끝이 아니었다.

콰드득!

백현이 흘려 보낸 파천강기가 당기던 사슬을 박살 내고 그의 왼손에 파천강기가 응집되었다.

푸확!

가볍게 쏘아낸 파천강기가 땅을 뒤집었다. 부르카는 흔적도 없이 소멸했고, 그 아래에서 무언가가 확 튀어나왔다.

헤루샤였다. 그녀는 칙칙한 눈으로 백현을 힐긋 보더니, 즉시 허공으로 뛰어올랐다. 도망칠 심산인 듯했다.

백현은 나무 위로 뛰어올라 달려 나가는 헤루샤를 보며 피식 웃었다.

파직!

검은 전류가 튀었다. 헤루샤의 코앞으로 이동한 백현은 주저 없이 손을 뻗었다.

헤루샤는 움찔 놀라더니 곧바로 몸을 확 꺾었다.

어느새 그녀의 양손에는 날카로운 단검 두 자루가 쥐어져 있었다. 시간 차를 두고 휘두르는 단검은 아까의 안개와 같은 회백색 기류가 얽혀 있었다.

단검이 호신강기를 종잇장처럼 찢는다.

내버려 두었다. 단검이 몸에 닿는 것보다 백현이 헤루샤의 손목을 붙잡는 것이 더 빨랐다.

'응?'

백현의 눈썹이 씰룩거렸다.

꽉 잡은 손에 힘을 줘보지만 헤루샤의 손목 관절을 박살 낼수는 없었다. 분명 힘은 들어가는데, 마치 연체동물의 손을 붙잡은 것처럼 잡아 쥐는 대로 눌릴 뿐이었다.

헤루샤가 어깨를 움직였다. 그러자 그녀의 팔이, 인간의 관절로는 불가능한 각도로 꺾였다.

팔이 통째로 촉수가 된 것처럼 백현의 팔을 휘감았다.

'이건……'

바짝 붙은 헤루샤가 반대편 손에 쥔 단검을 위로 휘둘렀다.

백현은 턱을 젖혀 단검의 궤도에서 벗어났다.

그대로 무릎을 들어 헤루샤의 복부를 차보았다. 타격은 분명히 들어갔고, 헤루샤의 몸이 기역 자로 꺾였다.

하지만 뼈나 내장을 부수는 감촉은 없었다. 이번에도 말랑말랑한 지점토를 짓누르는 것과 비슷한 감촉만 전해졌다.

'비슷하기만 한 건가? 아니면……'

아직 확신이 부족했다. 그 부족한 확신을 더해주듯, 헤루샤가 왼손을 휘둘렀다.

꽈아앙!

근접 거리에서 폭발이 일어났다.

헤루샤는 통째로 뜯긴 왼팔을 내버려 두고 펄쩍펄쩍 뛰어 나뭇가지 너머로 사라졌다.

백현은 우두커니 서서 생각에 잠겼다.

호신강기를 일으키기도 전에, 흑천이 헤루샤의 공격을 막아주었다. 역할을 마친 흑천이 원래의 형태로 돌아가고, 흑천에

'막혀 있던' 것들이 아래로 후두둑 떨어졌다.

"묘하네."

백현은 바닥에 떨어진 암기들을 내려 보면서 중얼거렸다.

메데인에서 두들겨 팬 게시자 테베스. 강신한 암막의 주인이 펼친 권능들은, 테베스가 쓰던 권능과 똑같았다.

'이걸 어떻게 받아들여야 돼?'

그때부터 암막의 주인이 헌드레드나 역천자와 한패였다는 가능성도 있기는 하겠지만…… 엮일 구석이 없다. 그게 아니라면.

명계에서 만난 아진은 항상 최악을 먼저 상정하라고 조언했었다. 상상할 수 있는 최악을 상정해야만 하는 것이 당연하다고 했다. 그래야만 진짜 최악을 마주했을 때 대응할 수 있다.

'헌드레드가 암막의 주인을 먹었다.'

이 상황에서, 백현이 상상할 수 있는 최악은 그것이었다.

To Be Continued

만 년 만에 귀환한 플레이어

나비계곡 퓨전 판타지 장편소설
WISHBOOKS FUSION FANTASY STORY

어느 날, 갑작스럽게 떨어진 지옥.
가진 것은 살고 싶다는 갈망과 포식의 권능뿐.

일천의 지옥부터 구천의 지옥까지.
수십만의 악마를 잡아먹고 일곱 대공마저 무릎 꿇렸다.

"어째서 돌아가려 하십니까?"
"김치찌개가… 김치찌개가 먹고 싶다고."

먹을 것도, 즐길 것도 없다.
있는 거라고는 황량한 대지와 끔찍한 악마뿐!

"난 돌아갈 거야."

「만 년 만에 귀환한 플레이어」